소중한 _____ 에게

_____ 가(이) 선물합니다.

_____

부활

톨스토이 지음

1828년, 러시아 야스나야 폴라나의 부유하고 유서 깊은 명문 귀족의 넷째 아들로
태어났으나 일찍이 부모를 여의고 숙모 밑에서 자랐습니다. 카잔 대학을 도중에 그만두고
개혁적인 농장을 운영했으나 실패했고, 24세 때 「유년 시대」를 발표하면서 문단에 나왔습니다.
군복무 중에 「소년 시대」 「세바스토폴리 이야기」를 집필하여 청년 작가로서 인정을 받았으며, 「전쟁과 평화」
「안나 카레니나」 등 수많은 명작과 「사람은 무엇으로 사는가」 「바보 이반」 같은 민화를 남겼습니다.
톨스토이의 마지막 장편 소설이자 인류 문학사에 영원한 기념비인 「부활」을 발표했을 때는 그리스 정교를 비판했다는
이유로 파문당하기도 했는데, 1910년 여행을 하던 중 폐렴으로 세상을 떠났습니다.

김자환 엮음

전남 순천에서 태어났으며 광주일보 신춘문예와 계몽아동문학상에 각각 당선되어
작품 활동을 시작했습니다. 새벗문학상 · 아동문예작가상을 받았고, 「순돌아 도망쳐」 「사랑 바이러스」
「난 너하고는 달라」 「진욱이 안 미워하기」 「노란, 아주 작은 새」 등의 책을 펴냈습니다.

2025년 02월 10일 2판 5쇄 **펴냄**
2011년 10월 10일 2판 1쇄 **펴냄**
2004년 04월 01일 1판 1쇄 **펴냄**

펴낸곳 (주)효리원
펴낸이 윤종근
지은이 톨스토이
엮은이 김자환 · **그린이** 김경수
등록 1990년 12월 20일 · **번호** 2-1108
우편 번호 03147
주소 서울시 종로구 삼일대로 457, 406호
전화 02)3675-5222 · **팩스** 02)765-5222

잘못 만들어진 책은 구입하신 서점에서 바꾸어 드립니다.
ISBN 978-89-281-0109-2 64890

이메일 hyoreewon@hyoreewon.com
홈페이지 www.hyoreewon.com

부활

톨스토이 지음
김자환 엮음 / 김경수 그림

 효리원
hyoreewon.com

용서와 화해, 동정과 사랑의 대서사시!

내가 톨스토이의『부활』을 처음 만난 것은 초등학교 5학년 때였다. 그때 나는 읽고 싶은 책을 마음대로 살 수 있는 형편이 아니었기 때문에 여기저기서 빌려 읽을 수밖에 없었다. 그래서 수준에 맞는 책을 가리지 못하고, 눈에 보이는 책이라면 닥치는 대로 읽는 편이었다.

그 당시『부활』은 이웃 마을 어떤 아저씨의 책장 속 세계 문학 전집 안에 끼여 있었다. 내가 그 책을 빌려 달라고 하자, 아저씨는 너무 어려워 읽지 못할 거라고 했다.

그 말에 얼마나 자존심이 상했던지, 나는 기를 쓰고 읽었다. 그러나 낯선 인명과 지명, 그리고 깨알 같은 글씨가 빼곡하게 인쇄된 두꺼운 책 두 권 분량의『부활』은 초등학교 5학년인 내게 하품만을 선사할 뿐이었다. 결국 나는 다 읽지도 못하고 책 주인에게 돌려 드릴 수밖에 없었다.

내가『부활』을 다시 만난 것은 그때부터 5~6년이 지난 고등학교 시절이었다. 딱딱하고 지루하게만 느껴졌던 초등학교 때와는 달리, 충격에 가까운 감동을 받았다.

젊은 시절, 네플류도프는 시골의 한 소녀에게 사랑이라는 이름을 빌려 실수를 저지른다. 그리고 많은 시간이 흐른 뒤, 자신이 저지른 실수 때문에 파멸의 길을 걷고 있는 그녀를 그가 다시 만나면서 이야기는 시작된다.

카츄사를 구하기 위한 네플류도프의 헌신적인 노력, 그리고 네플류도프를 뜨겁게 사랑하기 때문에 그의 청혼을 거절할 수밖에 없는 카츄사의 마음……. 나아가 카츄사를 구하기 위해 시작한 일이 결국은 자신의 정신을 구원하여 거듭나는 네플류도프의 모습이 매우 인상적이었다.

『부활』은 네플류도프와 카츄사의 애절한 사랑 이야기와 함께, 그 당시 러시아의 사회 문제와 악법을 고발한 소설이다. 또한 고도의 심리 묘사가 주류를 이루는 작품이기 때문에 초등학생이 읽기에는 다소 무리가 따를 수도 있다. 하지만 작품 속에 담긴 작가의 사상은 한없이 고귀하고 감동적이다. 그래서 원작이 훼손되지 않은 범위 안에서 가능한 한 쉽게 풀어 썼다. 많은 어린이들에게 위대한 작가 톨스토이를 하루빨리 소개해 주고 싶은 욕심이 있었기 때문이다.

엮은이 김자환

차례

카츄사

봄이 왔다. 봄은 공평해서 형무소 안에도 찾아왔다. 그러나 형무소 안의 사람들은 봄의 들뜬 분위기나 감격을 즐길 겨를이 없었다.

교도관과 함께 간수가 어느 한 감방 문 앞에 멈추었다. 간수는 철커덕거리는 쇳소리를 내며 열쇠를 꽂아 감방 문을 열고는, 감방 안에다 대고 소리쳤다.

"마슬로바, 나와라! 재판이다."

"……!"

그러자 안에서 떠들썩하는 소리가 들려왔다.

"뭐하는 거냐? 마슬로바, 듣고 있나? 빨리 나오라니까!"

교도관이 다시 짜증스럽게 소리쳤다.

잠시 후, 잿빛 죄수복을 입은 여자 죄수가 밖으로 나왔다. 오랫동안 햇빛을 보지 못한 탓인지 얼굴이 창백했다.

간수가 감방 문을 다시 닫으려 하자 안에서 누군가가 소리쳤다.

"마슬로바, 불리한 증언을 해선 안 돼. 쓸데없는 말을 했다간 오히려 손해라는 거 알지?"

여죄수는 고개를 흔들었다.

"차라리 어느 쪽이든 빨리 결정이 났으면 좋겠어요. 지금 이 생활이 너무 힘들어요."

듣고 있던 교도관이 한마디 거들었다.

"이제 곧 결정이 날 거다. 자, 나를 따라와!"

"......!"

여죄수는 복도로 나와 종종걸음으로 교도관을 따라갔다.

교도관은 미리 대기하고 있던 두 명의 호송병에게 여죄수를 인계했다.

"데리고 가시오."

총을 들고 표정 없는 얼굴을 하고 있던 호송병들은 여죄수를 끌고 재판소로 향했다.

여죄수 카츄사 마슬로바는 자신의 아버지가 누군지도 모르는

천한 출신이었다. 어머니는 두 자매 여지주의 영지에서 하녀로 일하고 있었는데, 카츄사가 세 살 때 병으로 죽고 말았다. 그래서 카츄사는 두 자매 지주가 맡아 기르게 되었다.

지주였던 두 자매는 모두 노처녀였다. 언니인 마리아는 성격이 엄했다. 그래서 카츄사에게 엄격하게 일을 가르치고 훈련시켰다. 아무리 귀여운 아이라 할지라도 하녀는 어디까지나 하인의 일을 해야 한다는 것이었다.

그러나 동생 소피아는 달랐다.

"카츄사를 예쁘고 똑똑한 숙녀로 키워야겠어."

상냥한 소피아는 카츄사에게 프랑스어와 숙녀로서의 예의 범절을 가르쳤다. 그래서 카츄사는 반은 하녀로, 또 반은 현숙한 숙녀로 성장하게 되었다.

카츄사가 자라 처녀가 되자 여러 곳에서 청혼이 들어왔다. 그러나 하녀 출신이기 때문에 청혼자들이 모두 가난한 노동자였다. 이미 대지주 집의 편안한 귀족 생활에 젖어 있던 카츄사는 그런 사람들과 산다는 것이 괴로울 것이라고 생각되어 이들의 청혼을 모조리 거절했다.

카츄사가 열여섯 살이 되던 어느 여름날이었다. 마리아와 소피아의 조카가 찾아왔다. 모스크바에 살고 있는 그는 열아홉 살의 건장한 청년이었고, 아버지에게 막대한 유산을 받은 부자였다. 공작이었으며 대학생이기도 했다.

두 사람은 서로 한눈에 반했다. 그래서 며칠도 지나지 않아 깊이 사랑하는 사이가 되었다.

그로부터 3년 뒤, 젊은 공작은 군인이 되어 전쟁터로 가는 중 마리아와 소피아의 집에 다시 찾아와서 나흘 동안 머물렀다.

공작이 떠나고 다섯 달이 지난 뒤에 카츄사는 자신이 공작의 아이를 임신했다는 사실을 알았다.

날이 갈수록 배가 불러 오자 카츄사는 심한 수치심에 사로잡혔다. 그래서 일을 소홀히 하고, 주인과 심하게 다툰 끝에 그 집을 나오고 말았다.

집을 나온 카츄사는 어느 지방의 경찰서장 집에 하녀로 들어갔는데, 거기서도 주인과 다투고 석 달 만에 쫓겨났다.

해산할 달이 가까워 오자 카츄사는 시골의 한 산파의 집에 머물게 되었다. 그곳에서 병에 걸린 채 아이를 낳아, 아이는 곧 죽고 말았다.

카츄사가 병에서 회복되었을 때, 그녀의 수중에 돈이라고는 한 푼도 남아 있지 않았다. 그래서 당장 일자리를 구하지 않으면 안 되었다.

카츄사는 여기저기 다니면서 일자리를 구한 끝에 삼림 관리인의 집에 하녀로 들어갔지만, 그 집 부인과 싸워 쫓겨날 수밖에 없었다. 또 다른 집에 가서도 마찬가지였다. 들어갔다가는 나오고, 들어갔다가는 나오고, 그러기를 수없이 되풀이했다.

그러는 동안 카츄사는 가까운 곳에 사는 한 점원과 친해져서,

그와 함께 살기 시작했다. 그러나 결혼을 약속했던 그 점원은 카츄사를 버리고 먼 곳으로 떠나 버렸다.

다시 외톨이가 된 카츄사는 결국 술집으로 흘러들게 되었다. 그곳에서 담배를 피우고 술도 마시며 자신을 망가뜨렸다. 완벽한 술집 여자가 되어 형편없는 생활을 하기 시작한 것이다.

카츄사의 그런 생활은 7년 동안 계속되었다. 그리고 그녀가 스물여섯 살이 되던 해에 작은 사건에 연루되어 감옥에 갇혔다.

가엾은 카츄사는 살인범과 흉악한 강도들과 한방에 갇혀 석 달 동안 생활하다가 드디어 재판소로 끌려가는 것이었다.

네플류도프

카츄사가 두 사람의 호송병과 함께 지방 재판소로 가고 있을 무렵, 네플류도프는 자리에서 일어나 어제 있었던 일과 오늘의 일정을 생각하고 있었다.

그는 어제 코르차킨 공작 집에서 늦게까지 있었다. 코르차킨 가에는 미시라는 아름다운 아가씨가 있었는데, 주위 사람들은 네플류도프가 그 아가씨와 결혼할 것이라고 믿고 있었다.

네플류도프는 샤워를 하고 옷을 갈아입었다. 그가 사용하는 것들은 모두 아주 값비싼 최고급품이었다.

식당으로 들어가자 아그라페나가 조용히 따라 들어왔다. 그녀는 네플류도프가 아주 어렸을 적부터 집안일을 돌봐 주고 있는

가정부였다.

"도련님, 안녕히 주무셨어요?"

"그래요, 아그라페나. 오늘은 별다른 일 없나요?"

"코르차킨 공작 어른의 따님께서 편지를 보내셨네요. 벌써부터 사람이 와서 기다리고 있습니다."

"그래요? 어디 봅시다."

"여기 있습니다, 도련님."

"고맙소."

아그라페나는 의미 있는 웃음을 지으면서 편지를 건네고는 조용히 걸어 나갔다.

네플류도프는 그녀가 준 편지를 펼쳤다. 은은한 향수 냄새가 났다.

깜박 잊고 있다가 당신이 돌아가신 뒤에야 생각이 나서 급히 연락드립니다.

4월 28일 오늘, 당신은 배심원으로서 재판소에 나가셔야 합니다. 따라서 우리 가족과 미술전람회에 가기로 한 약속은 취소를 하셔야 할 것 같습니다. 정해진 시각까지 재판소에 가시지 않으면 300루블의 벌금을 내야 하며, 당신의 명예에도 문제가 생기게 될 것입니다.

그러니 부디 잊지 마십시오.

　그리고 어머니께서 오늘 저녁 식사는 우리 집에 오셔서 드시라고 하셨습니다. 아무리 늦더라도 꼭 오시라고 부탁하셨습니다.

　그럼 저녁에 뵙겠습니다.

미시 올림

　네플류도프는 편지를 읽고 나서 얼굴을 찌푸렸다. 아무래도 코르차킨 공작의 딸 미시가 자기를 얽어매려 하는 것 같아서 기분이 언짢았다.

　커피를 다 마신 다음, 네플류도프는 재판소에서 보내 온 통지서를 찾았다. 11시까지 형사 법정으로 출두하라는 내용이 씌어 있었다.

　네플류도프는 벽에 붙은 버튼을 눌렀다. 곧 중년의 하인이 나타났다.

　"마차를 불러 주게."

　"네, 공작님. 이미 대기시켜 놓았습니다."

　"그리고 코르차킨 공작 댁에서 심부름 온 사람에게 전해 주게. 재판소 출두 통지를 알려 주어서 고맙다고. 오늘 밤 될 수 있으면 들르겠다고……"

"알겠습니다."

"음, 그럼……."

"살펴 다녀오십시오."

네플류도프는 현관으로 나갔다. 고무 바퀴 달린 마차가 기다리고 있었다. 코르차킨 가에서 보낸 마차였다.

'마차까지 보내다니…….'

네플류도프는 잠시 생각에 잠겼다.

'미시와 결혼을 해야 옳은가, 하지 않아야 옳은가.'

골치가 아팠다.

"모르겠다. 이 문제는 나중에 잘 생각해 보기로 하자."

어느새 마차가 재판소 앞에 다다랐다.

'지금은 내가 그간 하던 대로, 또 의무라고 생각해 온 것처럼 정직하게 일을 하도록 하자.'

네플류도프는 이런 생각을 하면서 지방 재판소 현관으로 들어갔다.

뜻밖의 만남

네플류도프가 재판소에 들어갔을 때, 복도에는 사람들이 분주하게 움직이고 있었다.

그는 안내인의 안내를 받아 법정으로 들어갔다. 배심원은 모두 열 명이었다. 배심원이 모두 모이고, 피고 세 명이 재판장으로 들어와 자리에 앉자 곧 재판이 시작되었다.

먼저 배심원이 인원 점검을 하고 나서 선서가 행해졌다. 배심원들은 거짓 없이 공정하게 판결할 것을 신에게 서약했다. 재판장은 배심원에게 주의 사항을 말하고 나서 피고석으로 얼굴을 돌렸다.

"시몬 카르친킨, 일어섯!"

재판장이 말했다.

빨강머리의 사나이가 엉거주춤 일어났다.

"이름은?"

"시몬 카르친킨입니다."

"신분은?"

"평민입니다."

"나이는?"

"서른두 살입니다."

"종교는?"

"러시아 정교입니다."

"아내는?"

"없습니다."

질문과 대답이 계속 이어졌다.

"직업은?"

"마브리타니아 호텔에서 청소부로 일하고 있습니다."

"전에 재판을 받은 일이 있는가?"

"한 번도 없습니다."

"기소장의 사본은 받았는가?"

"받았습니다."

"앉아도 좋다. 다음은 에우페미아 보치코바."

재판장은 쳐다보지도 않고 똑같이 의례적인 질문을 했다.

보치코바는 마흔세 살이고, 직업은 역시 마브리타니아 호텔의 객실 하녀로 일하고 있었다. 그녀 또한 전과가 없고, 기소장의 사본을 받았다고 대답했다. 그녀의 말투는 매우 당당하고 확실했다.

끝으로 재판장은 세 번째 피고를 불렀다.

피고가 젊고 아름다운 여자였기 때문인지, 조금 전까지의 엄격한 목소리와는 달리 매우 상냥하고 부드러운 톤으로 말했다.

"이름은?"

피고는 앉은자리에서 대답하려고 했다.

"일어나서 대답해야지."

재판장이 부드럽게 덧붙였다.

피고는 보일락 말락 미소를 지으며 일어나서 재판장을 똑바로 바라보았다.

"이름이 뭐지?"

"류보프예요."

피고는 재빠르게 이름을 밝혔다.

그때 배심원석에 앉아 있던 네플류도프는 심문받는 피고들의 얼굴을 바라보고 있었다.

'아니야, 그럴 리가…….'

네플류도프는 세 번째 여자 피고의 얼굴에서 눈을 떼지 않고 똑바로 쳐다보았다.

'그런데 이상하다. 류보프라니?'

피고의 대답을 듣고 네플류도프는 고개를 갸웃거렸다.

"류보프라고? 여기 적힌 이름은 그것이 아닌데? 여기서는 본명을 말해야 돼."

재판장의 말에 피고는 다시 대답했다.

"전에는 카츄사 마슬로바라고 불렀어요."

네플류도프는 깜짝 놀랐다.

'카츄사! 그렇다면…….'

자세히 살펴보니 틀림없이 그녀였다.

예전에 고모 집에서 하녀로 일하던 사람으로, 몇 차례 사랑을 나누고 나서는 100루블짜리 지폐 한 장을 던져 주고는 버렸던 여자였다. 그리고는 지금껏 잊고 있었던 여자 카츄사였던 것이다.

'카츄사가 무슨 일을 저지른 것일까? 착하고 순진해서 나쁜 짓을 할 사람이 결코 아닌데…….'

카츄사는 전보다 살이 더 붙어 보였지만 여전히 순진한 얼굴과

까만 눈동자를 하고 있었다.

재판장의 질문이 계속되고 있었다.

"아버지는?"

"아버지가 누군지 모릅니다. 저는
사생아예요."

카츄사는 대답했다.

"신분은?"

"평민입니다."

"종교는?"

"정교입니다."

"직업은?"

카츄사는 잠자코 있었다.

"직업은? 무슨 일을 했었나?"

재판장이 다시 물었다.

카츄사는 잠시 머뭇거리다가 대답
했다.

"장사를 해요."

"무슨 장사인가?"

판사가 물었다.

"술도 팔고, 웃음도 팔고……. 다 아시잖아요?"

"기소장 사본은 받았는가?"

"네, 받았습니다."

"앉아도 좋아."

재판장이 말했다.

배심원석에 앉은 네플류도프는 카츄사를 착잡한 심정으로 바라보았다.

'아, 그때 그러지 말았어야 했는데……. 카츄샤가 저렇게 된 건 혹시 나 때문이 아닐까?'

네플류도프의 마음속에서는 복잡하고 고통스런 갈등이 들끓고 있었다.

독살 사건의 재판

서기가 기소장을 낭독했다.

"188×년 1월 17일, 마브리타니아 호텔의 주인은 시베리아의 쿠르간 시에서 온 상인 스멜리코프가 급사했다고 신고했다. 경찰은 스멜리코프의 죽음을 과음으로 인한 심장마비라고 밝히고, 시신을 매장했다.

그런데 며칠 뒤, 사망자의 동업자가 나타나 재수사를 요구했다. 자신의 동업자가 끼고 있던 다이아몬드 반지와 현금이 사라졌다며, 따라서 이 사건은 과음에 의한 심장마비가 아니라, 금품을 훔치기 위한 독살의 가능성이 높다고 주장했다.

재수사가 진행되었고, 그 과정에서 술집 여자 카츄사 마슬로바가 상인의 다이아몬드 반지를 자기네 집주인에게 팔았다는 사실이 밝혀졌다. 또 호텔 하녀 에우페미아 보치코바는, 상인이 죽은 다음 날 은행에 많은 돈을 예금했다는 사실이 드러났다.

카츄사의 진술에 의하면 호텔 하인 시몬 카르친킨에게서 하얀 가루약을 받았고, 그것이 수면제인 줄 알고 술에 탔다고 자백을 했다. 이에 대해 카르친킨은 상인을 재우기 위해 가루약을 마슬로바에게 주었다고 자백했다.

그러나 두 번째 진술에서 카르친킨은 말을 바꾸었다. 돈을 훔친 것도, 약을 탄 것도 다 마슬로바 혼자 한 짓이라고 딱 잘라 말했다. 그리고 보치코바가 은행에 예금한 많은 돈은 그와 보치코바가 결혼을 하기 위해 12년 동안 손님들이 준 팁을 조금씩 모은 것이라고 주장했다.”

기소장 낭독은 그 뒤로도 지루하리 만큼 길게 계속되었다. 그리고 마침내 이렇게 결론을 지었다.

“이상의 사실로 미루어 보아 시몬 카르친킨, 에우페미아 보치코바, 카츄사 마슬로바 세 사람은 188×년 1월 17일 사전에 공모하여 상인 스멜리코프의 돈과 반지를 훔치고, 죽일 목적으로 그에게 독약을 먹인 것으로 판단된다. 따라서 형법에 의거하여 이상 세 사람을 배심원이 참석한 본 재판에 회부하는 바이다.”

서기가 긴 기소장의 낭독을 마치고 자리에 앉았다.

네플류도프는 치를 떨었다. 도무지 믿을 수가 없었다. 10년 전의 아름답고 순진했던 소녀가 어떻게 저런 끔찍한 일을 저지르게 되었을까.

피고들에 대한 심문이 시작되었다.

"시몬 카르친킨!"

"예."

재판장이 카르친킨 쪽으로 몸을 돌리며 불렀다.

카르친킨은 여전히 엉거주춤한 자세로 일어섰다.

"피고는 보치코바와 마슬로바와 공모하여 상인 스멜리코프의 여행 가방 속에 있던 돈을 훔치고, 마슬로바를 꾀어 스멜리코프에게 독약을 먹여 죽게 한 혐의로 기소되었다. 피고는 이러한 사실을 인정하는가?"

재판장의 질문에 카르친킨은 완강하게 부인했다.

"맹세코 그런 일은 없습니다. 저는 다만 손님의 시중을 들었을 뿐입니다."

재판장은 보치코바에게 얼굴을 돌렸다.

"에우페미아 보치코바, 피고는 188×년 1월 17일 마브리타니아 호텔에서 카르친킨과 마슬로바와 함께 상인 스멜리코프의 돈과

반지를 훔치고, 그것을 감추기 위해 독살한 혐의로 기소되었다. 피고는 그 죄를 인정하는가?"

"당치도 않습니다. 저는 아무 죄도 없습니다."

피고는 또렷한 목소리로 단호하게 말했다.

"저는 그 방에 들어가지도 않았습니다. 그 방에 들어간 것은 이 여자 마슬로바였으니까, 그 살인 사건은 이 여자의 짓임에 틀림 없습니다."

"묻는 말에만 대답을 해. 피고는 죄를 시인하는가?"

재판장이 단호하게 말했다.

"돈을 훔친 것은 제가 아닙니다. 저는 돈을 훔치지도, 독약을 먹이지도 않았습니다. 만일 제가 그 방에 들어갔다면 이 여자를 내쫓았을 것입니다."

"죄를 인정하지 않는다는 말인가?"

"네, 저는 죄가 없습니다."

"죄를 인정하지 않는다, 그거지?"

재판장은 카츄사 쪽을 향해 말했다.

"카츄사 마슬로바!"

"예."

"피고는 상인 스멜리코프의 열쇠를 가지고 마브리타니아 호텔로 가서 그 상인의 여행 가방 속에 있던 돈과 반지를 훔쳐 세 사람이 나누었고, 그 뒤 스멜리코프와 다시 호텔로 가서 그를 독살한 혐의로 기소되었다. 피고는 기소 사실을 인정하는가?"

"저는 조금도 나쁜 짓을 하지 않았습니다. 저는 아무것도 훔치지 않았어요. 반지는 그가 직접 저에게 주었습니다."

"그렇다면 상인 스멜리코프에게 가루약을 탄 술을 마시게 한 데 대해서는 죄를 인정하는가?"

"그것은 사실입니다. 그렇지만 그것은 수면제이기 때문에 아무런 해가 없다고 해서 그대로 믿었습니다. 죽이려는 의도는 전혀 없었습니다. 하느님께 맹세합니다."

카츄사는 겁먹은 얼굴로 주위를 두리번거리다가 네플류도프와 눈이 마주쳤다.

'날 알아보았을까?'

네플류도프는 머리카락이 곤두서는 것 같았다. 그러나 빤히 쳐다보던 카츄사의 눈길은 곧 다른 쪽으로 옮겨 갔다.

재판장이 말했다.

"그럼, 상인 스멜리코프의 돈과 반지를 훔친 것은 인정하지 않지만, 가루약을 타서 마시게 한 것은 인정한단 말인가?"

"제가 인정하는 것은 수면제라고 생각했다는 것뿐입니다. 다른 일은 결코 꿈에도 생각하지 않았습니다."

"좋아, 그러면 그때의 상황을 이야기해 봐라. 모든 것을 사실대로 말해야 자신에게 유리하다는 걸 알겠지?"

재판장의 말에 카츄사는 잠시 멈칫거리다가 입을 열었다.

"그날, 그 사람은 우리 술집에서 술을 마셨습니다. 술에 잔뜩 취해서 홀 안의 여자들에게 술을 사 주다가 돈이 떨어졌습니다. 그래서 저에게 호텔에 가서 돈을 가져다 달라고 했습니다."

"그래서? 피고가 호텔로 가서 돈을 가지고 왔나?"

"그 사람 방엔 저 혼자 간 게 아니었어요. 카르친킨과 이 여자, 셋이서 들어갔습니다."

카츄사가 카르친킨과 보치코바를 가리키면서 말했다.

"무슨 소리야? 거짓말입니다. 전 들어가지 않았습니다."

보치코바는 펄쩍 뛰는 시늉을 하며 소리쳤다. 그러나 보치코바는 곧 제지당했다.

"계속하시오."

재판장이 말했다.

"저는 이 두 사람이 보는 앞에서 10루블짜리 지폐 넉 장을 꺼냈습니다."

"그럼 피고는 돈을 꺼낼 때, 그 안에 돈이 얼마나 더 있었는지

몰랐는가?"

"세어 보지는 않았지만 100루블짜리 지폐 뭉치가 여러 개 있었습니다."

"그래서 돈을 가져왔단 말인가?"

재판장이 질문을 계속했다.

"네, 가져왔습니다."

"그래? 그러면 그 반지에 대해 설명해 보시오."

"술값을 셈하고 나서 그는 저를 호텔로 끌고 갔습니다. 술에 완전히 취해서 저를 마구 때렸지요. 그러다가 내 머리핀이 부러졌어요. 제가 화를 내며 돌아가려 하자, 미안하다면서 자기 반지를 저에게 주었습니다."

"그런데 어떻게 가루약을 먹였지?"

"……!"

카츄사는 잠시 머뭇거렸다.

"어떻게 먹였냐고요? 술에 타서 마시게 했어요."

"왜 먹였지?"

카츄사는 숨을 내쉬고는 말했다.

"술 취한 그 사람이 계속 소란을 피우자, 카르친킨이 수면제라고 가루약을 주었습니다. 그 남자가 그걸 먹고 잠이 들면 집으로 돌아갈 수 있을 거라고 해서 술에 타서 먹였습니다. 그게 독약이라는 것을 알았다면 어떻게 그런 짓을 할 수가 있었겠어요?"

판사가 고개를 끄덕였다.

"피고는 더 할 말이 있는가?"

"없습니다. 저는 다 말씀드렸습니다."

카츄사는 이렇게 말하고는 자리에 앉았다.

재판장은 10분 동안의 휴정을 선언했다.

나는 죄가 없어요

네플류도프는 배심원 대기실로 들어가서 창가에 앉았다.

'카츄사에게 몹쓸 죄를 짓고도 나는 지금까지 편안하게 잘 살아왔다. 아, 나는 얼마나 비열한 인간인가!'

오래전의 일이 떠올랐다. 전쟁이 끝난 뒤, 네플류도프는 딱 한 번 고모들의 집에 들른 적이 있다. 그러나 카츄사는 그곳에 없었다. 소문에 의하면 카츄사가 아이를 임신한 채 집을 나가, 아무하고나 어울려 방탕한 생활을 했다고 한다. 아버지를 모르는 아이를 낳았다는 소문도 있었다.

'그 아이가 혹시 내 아이가 아닐까?'

네플류도프는 처음 얼마 동안은 여기저기 수소문을 하면서 카츄사를 찾아다녔다. 그러나 들리는 소문마다 추악하고 경망스러운 것이어서 극심한 수치와 부끄러움을 느끼게 되었다. 그래서 카츄사를 잊으려 노력했고, 마침내 까마득하게 잊은 채 10년을 지내 왔던 것이다.

'나는 한 여인을 파멸의 구렁텅이로 몰아넣은 죄인이다.'

네플류도프는 마음이 아팠다. 그러면서도 이 사실이 다른 사람들에게 알려진다면 자신이 얼마나 비난을 받을 것인가에 대해 걱정하고 있을 뿐, 자신이 카츄사에게 안겨 준 고통과 슬픔에 대해서는 미처 생각을 하지 못하고 있었다.

개정이 되어 다시 법정으로 들어가면서, 네플류도프는 재판을 하러 가는 게 아니고 오히려 자신이 재판을 받으러 들어가는 기분이었다. 그는 단상에 올라가 배심원 자리에 앉았다.

법정에는 피고들도 다시 끌려 나왔고, 증인들도 나와 있었다. 증인들의 심문이 시작되었다.

증인들의 진술을 들으면서 네플류도프는 안절부절못했다. 카츄사와 눈길이 마주친 뒤, 그녀가 자기를 알아챘다고 느낀 순간부터 더욱 마음을 졸였다.

'아아, 누군가가 눈치채기 전에 제발 재판이 끝났으면……'

오직 그 생각뿐이었다.

　그러나 사건 심리는 오래 계속되었다. 증인들의 진술이 끝나자 검사는 배심원들에게 증거물을 보여 주었다. 그리고 나서 길고 긴 논고를 시작했다.

　"배심원 여러분, 이 사건은 아주 특이한 사건입니다."

　검사의 논고에 의하면, 상인 스멜리코프는 건강하고 성
실한 러시아 사람으로, 남을 잘 믿는 관대한 성격 때문에
타락한 사람들에게 희생되었다.

　시몬 카르친킨은 교육을 받지 못했고 신념도 없으며, 자

기에게 이익이 되는 일이라면 무엇이든 태연히 해치우는 인간이다. 보치코바는 카르친킨의 정부로 역시 마찬가지 인간이다.

그러나 이 사건의 핵심적인 인물은 마슬로바이며, 이 사람이야말로 가장 타락한 인간이다. 그녀는 자신의 욕망을 위하여 선량한 상인을 유혹하고, 살해한 것이다.

교육을 받아 선과 악을 판단할 수 있는 사람으로서 이런 끔찍한 범죄를 저질렀다는 것은 우리 사회의 큰 문제가 아닐 수 없다.

검사의 논고에 이어 변호사의 변론이 시작되었다.

"카르친킨과 보치코바는 성실하고 선량한 사람들로서 이 사건과는 아무런 관련이 없습니다. 그들이 은행에 예금한 돈은 호텔에서 일하며 손님들께 받은 팁으로, 그들의 성실성의 증거이기도 합니다. 이 범죄는 마슬로바의 단독 범행입니다."

이 변호사는 카르친킨과 보치코바에게 300루블에 고용된 자였다. 그는 모든 죄를 카츄사에게 뒤집어씌웠다.

뒤를 이어 카츄사의 변호사가 일어나 변론을 시작했다. 그러나 그는 카츄사가 돈을 훔치는 것에 가담했다는 사실을 인정한 채, 살인을 할 의도는 전혀 없었다는 주장을 하는 데 그쳤다.

이어서 피고들에게 마지막 진술의 기회가 주어졌다.

보치코바와 카르친킨은 자신들은 죄가 없다는 것을 강력하게 주장했다. 모든 것은 마슬로바가 혼자 한 일이라고 주장했다. 그러나 카츄사는 그저 자신이 결백하다는 말만 할 뿐 끝내 울음을 터뜨리고 말았다.

이 광경을 지켜보며 네플류도프는 으음, 하고 괴로운 신음 소리를 내었다. 눈물이 쏟아질 것만 같았다.

"어디 편찮으십니까?"

"……."

옆에 앉은 배심원이 물었지만 네플류도프는 아무런 대답도 하지 못했다.

"안색이 좋지 않으신데……."

"아, 괜찮습니다."

그가 다시 말을 붙이자 네플류도프는 얼른 손수건을 꺼내 코를 푸는 체했다. 마음이 복잡했다.

'아아, 어떻게 이런 일이! 10년 동안이나 만나지 못한 사람을 이런 법정에서 보게 되다니……. 그것도 내가 배심원으로 참석한 재판에서…….'

네플류도프는 두려웠다. 자기가 카츄사에게 한 짓이 여기 있는 사람들에게 밝혀진다면 얼마나 큰 비난을 받을 것인가. 그 수치심을 어찌 견딘단 말인가.

    그의 마음속에서는 카츄사에 대한 속죄의 마음이 수그러들고
있었다. 왜냐하면 자기의 잘못이 드러났을 때 당할 수치심에 대
한 두려움이 더 앞서 있었기 때문이다.
    '이렇게 시간이 길게 느껴지긴 처음이야.'
    네플류도프는 다른 사람들에게 자신의 속마음을 들키지 않으
려고 매우 따분하다는 표정을 짓고 있었다.

중대한 실수

재판장이 배심원들에게 주의 사항을 자세히 설명한 다음, 자문 내용이 씌어 있는 서류를 넘겨주었다. 배심원들은 이제야 겨우 퇴정 시간이 다가온 것을 기뻐하면서 바로 옆 회의실로 향했다.

회의실로 들어간 배심원들은 각자의 의견을 얘기하느라 시간이 길어졌다. 그중에서도 카츄사를 어떻게 처리할 것인가 하는 문제가 가장 시간을 오래 끌었다.

배심원들은 여러 가지 증언과 정황으로 보아 카츄사가 무죄라는 판단을 갖고 있었다. 네플류도프 역시 다른 사람들이 눈치채지 않게 카츄사를 적극 변호했다.

그러나 배심원들은 피곤했고, 그래서 어떻게 하든 결론을 빨리 내리고 싶어 했다.

"벌써 4시가 넘었어요. 얼른 끝을 내지요."

배심원 가운데 한 사람이 말했다.

"여러분, 이렇게 하면 어떨까요?"

배심원장이 주의를 집중시켰다.

"말씀해 보십시오."

"유죄는 인정하되, 훔칠 의사가 없었고 또 아무것도 훔치지 않았다."

"좋습니다."

배심원들이 모두 동의했다. 그들은 카츄사가 비록

술집에서 일을 하고 있지만 선량한 사람이며, 카르친킨과 보치코바의 흉계에 빠져들었을 뿐이라는 것을 알고 있었던 것이다.

그러나 그들은 중대한 실수를 했다는 것을 미처 깨닫지 못하고 있었다. '훔칠 의사가 없었음.'이라고만 했지 '살해할 의도가 없었음.'이라고 덧붙이지 않은 것이었다. 이것은 카츄사가 '훔칠 의사도 없이 괜한 사람을 살해한 것'으로 해석되었다.

네플류도프 역시 이 사실을 전혀 눈치채지 못하고 있었다. 그는 카츄사를 위해 무언가 일을 했고, 도움을 주었다는 생각에 그저 흥분하고 있었던 것이다.

재판관들이 자리에 앉자 배심원들이 차례로 나와 앉았다. 배심원장이 배심원들의 답신서를 재판장에게 넘겨주었다. 재판장은 그것을 보고 매우 안타까워했다.

"이런 어리석은 결론을 내리다니!"

양쪽의 배석 판사들도 마찬가지였다.

"이렇게 되면 마슬로바는 유형감인데……. 사실 마슬로바는 무죄예요."

"어째서 그런 단정을 내리시지요?"

"내 지금까지 판사 생활을 몇 년째 하고 있는데, 그 정도 느낌도 없겠습니까? 마슬로바는 억울해요. 이것은 제818조를 적용시

켜야겠는데요."

제818조란, 배심원의 결정이 부당하다고 인정할 경우 재판관이 그것을 파기할 수 있다는 규정이었다. 그러나 오른쪽 배석 판사가 딱 잘라 반대를 했다.

"안 됩니다. 그렇잖아도 요즘 신문에서 배심원들이 피고들을 봐주려 든다고 야단들인데, 만일 우리가 제818조를 적용하여 무죄 판결을 한다면 재판관마저 범죄자들을 봐주려 하고 있다고 얼마나 비난을 하겠습니까."

"가엾지만 어쩔 수가 없군."

재판장은 검사에게 형량을 물었다.

"시몬 카르친킨은 형법 제1453조 제4항, 에우페미아 보치코바는 형법 제1659조, 카츄사 마슬로바는 형법 제1454조에 의하여 처벌을 받아야 합니다."

검사의 구형대로라면 거의 최고의 형량에 가까운 것이었다. 배심원들은 그제야 자신들이 중대한 실수를 했음을 깨달았다.

"우리가 바보 같은 짓을 저질렀어요."

"네? 그게 무슨 말입니까?"

당황한 네플류도프는 자기도 모르게 자리에서 벌떡 일어났다.

"우리는 답신서에 중대한 기록을 빠뜨렸어요. '유죄, 단 살해할

의도가 없었음.'이라고 보충 기록을 써 넣었어야 하는 건데……."

"아, 우리가 어쩌다 그런 실수를 했지요? 어떻게 다시 작성할 수는 없을까요?"

"틀렸어요. 이젠 끝난 일입니다."

그 순간 네플류도프의 머릿속에 어떤 생각 하나가 번개처럼 스쳐 갔다.

'이건 차라리 잘된 일인지도 모른다. 만약 그녀가 무죄로 석방되어 자유의 몸이 되면 어떻게 얼굴을 대할 것인가? 또 그녀가 사람들에게 우리의 관계를 알리기라도 한다면……. 그녀가 시베리아로 유형을 가게 된다면 그런 골치 아픈 걱정거리 하나는 사라지는 게 아닌가.'

그러자 마음이 한결 가벼워졌다.

재판장이 판결문을 낭독했다.

188×년 4월 28일, 본 지방 재판소는 배심원들의 결정에 따라 다음과 같이 형을 선고한다.

시몬 카르친킨과 카츄사 마슬로바에 대해서는 모든 권리를 박탈하고, 카르친킨은 징역 8년, 마슬로바는 징역 4년에 처한다. 에우페미아 보치코바는 개인이 가질 수 있는 모든 권리를 박탈하고 금고 3년에 처한다.

재판장의 판결을 들은 카츄사가 울부짖었다.

"나는 죄가 없어요. 아무런 잘못도 저지르지 않았어요. 나는 억울해요. 정말 억울해요."

그녀는 이렇게 말하며 주저앉아 울음을 터뜨렸다.

그런 카츄사를 보자 네플류도프는 또다시 마음이 어지러웠다.

'아니야. 카츄사는 사람을 죽일 사람이 아니야. 이건 잘못된 거야. 이대로 보낼 수는 없어!'

네플류도프는 헌병에게 끌려가는 카츄사를 한 번 더 보기 위해 급히 복도로 달려갔다. 그러나 카츄사는 그의 앞을 스쳐 지나가면서 눈길 한 번 주지 않았다.

마음의 대청소

네플류도프는 급히 재판장을 만났다.

"재판장님, 저는 배심원입니다. 마슬로바에 관한 답신서에 배심원들이 큰 실수를 저질렀습니다. 마슬로바는 독살 사건에 대해서는 죄가 없습니다. 그런데 유죄 판결이 내려졌습니다. 잘못을 다시 고칠 수는 없을까요?"

네플류도프는 침울한 표정으로 말했다.

재판장도 안타깝다는 얼굴이었다.

"마슬로바는 무죄이거나 유형이거나 두 가지 길밖에 없었습니다. 당신네들이 '살해할 의도가 없었음.'이란 말만 덧붙였어도 그녀는 무죄로 석방되었을 것입니다."

"무어라 할 말이 없습니다. 그런 큰 실수를 저지르다니……. 배심원의 한 사람으로서 책임을 통감합니다. 이 실수를 만회할 수 있는 방법을 가르쳐 주십시오."

네플류도프는 간청하듯 말했다.

"원하신다면 상고를 하는 수밖에 없습니다. 상고의 이유가 충분한 것 같으니 변호사를 찾아가 보십시오."

네플류도프는 재판소로 되돌아갔다. 복도에서 그는 파나린을 만났다. 파나린은 유명한 변호사였으므로 이번 일에 적격자라는 생각이 들었다.

"의논드릴 일이 있습니다."

파나린은 네플류도프를 방으로 안내했다.

"우선 부탁드릴 게 있습니다. 제가 이번 사건에 관여하고 있다는 것을 누구에게든 비밀로 해 주셨으면 합니다."

"그런데 왜?"

"저는 오늘 있었던 재판의 배심원 가운데 한 사람이었는데, 뜻하지 않은 실수로 죄 없는 여자에게 무거운 징역형을 언도받게 하고 말았습니다. 그것이 너무 괴롭습니다."

"그러시겠네요. 그렇다면 제가 할 일은?"

"오늘 재판의 판결에 불복하여, 상급 재판소에 재심을 청구하

고 싶습니다."

"상고를 원하시는군요?"

파나린이 말했다.

"그렇습니다. 이 일을 선생께서 맡아 주셨으면 합니다. 보수와 비용은 얼마가 들더라도 제가 모두 부담하겠습니다."

"알겠습니다. 우선 재판 기록을 조사해 보도록 하겠습니다. 목요일 오후 6시에 저의 집으로 와 주시지요. 그때 제 입장을 말씀 드리겠습니다."

"감사합니다. 아무쪼록 가엾은 여자를 위해 도와주실 것으로 믿겠습니다."

변호사와 헤어진 네플류도프는 기분이 한결 나아졌다. 카츄사를 위해 뭔가 힘을 쓰고 있다는 사실에 만족스러웠다. 그러나 오래전에 천진난만했던 한 소녀를 배신했다는 사실을 떠올리자 다시 마음이 어두워졌다.

'아니야, 이런 일은 뒤에 차분하게 생각해도 돼. 내게는 우선 기분 전환이 필요한 상황이야.'

네플류도프는 코르차킨 가의 만찬에 초대되었다는 것을 기억해 냈다. 그는 지나가는 마차를 불러 탔다.

코르차킨 가는 그에게 항상 기분 좋은 곳이었다. 우선 화려한 분위기가 마음에 들었고, 또 그를 둘러싸고 환심을 사려는 듯한 정다운 분위기가 좋았다.

그러나 이상했다. 왠지 코르차킨 가에 있는 모든 것이 싫어지는 것이었다. 뚱뚱한 문지기, 넓은 계단, 꽃, 하인들, 식탁의 장식, 산해진미, 호화로운 옷차림의 사람들……. 더구나 그를 사랑하고 있는 미시까지도 전혀 매력이 없는 무미건조한 여자로 느껴졌다.

"무슨 일이 있었군요. 그렇지요?"

미시는 네플류도프를 매우 좋아했고, 그가 자기의 남편이 될 것이라고 굳게 믿고 있었기 때문에 직감으로 그것을 느낀 모양이었다.

"네, 있었습니다."

네플류도프는 재판소에서 보았던 카츄사의 모습이 떠올라서 얼굴이 붉어졌다.

"무슨 일인데 그래요? 안색이 안 좋아요."

"지금은 아무 말도 할 수가 없습니다. 도무지 머릿속이 정리가 되질 않아서요."

"저한테 말하기 싫다는 말씀이군요."

미시의 얼굴에 매우 섭섭하다는 표정이 떠올랐다.

"미안해요. 지금 제 기분이 그러니 이해해 줘요."

네플류도프는 몸이 불편하다는 구실을 대고 서둘러 코르차킨 가를 빠져 나왔다.

'부끄럽고 욕된 일이야. 정말 욕되고 부끄러운 일이야!'

집으로 돌아오면서 네플류도프는 그렇게 생각했다. 조금 전 미시와의 대화에서 느꼈던 답답함이 다시 되살아났다.

'사람들은 나와 미시가 결혼할 것으로 믿고 있는데, 그것은 불가능한 일이야. 나는 오래전에 카츄사라는 한 여자를 순수한 마음으로 사랑했어. 그런데 그녀를 배신한 순수하지 못한 상태로 어떻게 미시와 결혼을 할 수가 있겠어. 한 여자를 절망의 늪으로 빠뜨려 버린 내가 어떻게…….'

집으로 돌아온 네플류도프는 방으로 들어가 문을 잠갔다. 그 누구의 얼굴도 보고 싶지가 않았다.

'난 자유로워져야 해. 이렇게 거짓투성이의 생활을 하는 것은 아무런 의미가 없어. 여기서 해방되어야 해. 코르차킨 가와 맺었던 인연도, 부모님의 유산과도 인연을 끊고 외국으로 가자. 내가 자유롭게 살 수 있는 곳이라면 어디라도 좋아. 우선 빨리 사건을 처리해 카츄사를 구해야지.'

그러자 갑자기 죄수복을 입은 카츄사의 모습이 떠올랐다. 최후의 판결을 받고 울부짖던 그녀의 모습이 눈앞에서 아른거렸다.

'나는 한때 카츄사를 진심으로 사랑했어. 그것은 아름답고 순수한 감정이었지. 그녀가 이렇게 된 것은 내 탓이야!'

네플류도프는 머리를 쥐어뜯었다.

'사랑했던 여자를 버리는 것은 죄악이야. 어떻게 하든 그녀를 구해야 해. 부당한 형벌에서 구해 내는 것만으로는 내 죄를 씻을 수 없어. 내 죄는 돈으로 보상할 수가 없어.'

네플류도프는 자신의 모습을 떠올렸다. 그는 솔직한 것을 자랑으로 여기고, 언제나 진실하게 말하고 행동하는 것을 신조로 삼는 정직한 사람이었다. 그런데 지금은 거짓투성이의 생활에 빠져 헤어날 줄을 모르고 있는 것이었다.

그러고 보면 코르차킨 가의 사람들이나 미시에게서 느꼈던 이유 없는 혐오감은 사실, 자기 자신에 대한 혐오감이었다는 생각이 들었다. 자신 속에 존재하고 있는 수많은 결함을 깨달은 순간, 오히려 마음이 편안해지는 것을 느꼈다.

'마음의 대청소를 하자.'

네플류도프는 스스로의 마음이 온갖 티끌로 가득 차 있어서 양심이 마비되고 말았다는 사실을 깨달았다. 그리고 이제는 그 티끌을 비워 내기 위해 '마음의 대청소'를 할 시기가 왔다는 것을 가

슴 깊이 느꼈다.

'그래. 그동안 저질렀던 내 잘못을 모두에게 시인하고, 옳다고 판단되는 것을 그대로 실행하는 거야!'

그는 자신을 향해 단호하게 명령했다.

'미시에게는 나의 과거를 털어놓고 그녀와 결혼할 자격이 없음을 고백하자. 카츄사에게는 내가 저지른 엄청난 죄에 대해 용서를 구하는 거야! 나아가 그녀의 고단한 운명을 가볍게 하기 위해, 가능하다면 그녀와 결혼을 하자.'

그는 기도를 했다.

"하느님, 도와주소서. 저에게 길을 가르쳐 주소서. 여기에 오셔서 제 마음 안에 깃들인 온갖 더러움에서 벗어나 제가 깨끗해지도록 도와주소서."

기도를 하는 네플류도프의 눈에 눈물이 글썽거렸다. 그것은 새로운 깨달음에 대한 기쁨의 눈물이었다.

결심

카츄사는 저녁 6시가 넘어서야 다시 형무소의 감방으로 돌아
왔다. 억울하게도 엄청난 중형을 받았기 때문에 맥이 탁 풀려 있
었다.

그녀가 돌아오자 감방 안에 있던 모든 사람들의 시선이 한꺼번
에 몰렸다. 그 감방에 갇힌 사람은 여자 죄수 열두 명, 어린아이
세 명 등 모두 열다섯 명이었다.

"왜 돌아왔지? 우린 틀림없이 풀려날 줄 알았는데."

"어떻게 된 거야?"

"형을 받은 거야?"

"……."

카츄사는 아무 말 없이 고개만 끄덕였다.

"우린 네가 무죄이기를 바랐는데……. 그래, 형은 유형?"

"네, 4년이래요."

"쯧쯧쯧!"

사람들은 혀를 찼다.

"이건 잘못된 거야."

"오, 하느님! 죄 없는 이에게 어찌 그런 형을 내린단 말입니까? 우린 카츄사 마슬로바가 무죄라는 것을 알고 있는데……."

"그러게요. 다 돈이 없기 때문이에요. 유능한 변호사를 구했더라면 틀림없이 무죄로 석방이 되었을 텐데 말이에요."

감방 안의 사람들은 너나없이 남의 일이 아니라는 표정들이었다. 이럴 때 보면 그들은 한결같이 죄수의 모습이 아니었다. 피와 눈물을 가진 따뜻한 사람들이었다.

"재심 청구라도 해야 하지 않을까?"

"그렇지만 저는 그럴 돈이 없잖아요."

그날 밤, 카츄사는 잠을 이룰 수가 없었다. 마치 꿈을 꾸고 있는 것 같았다.

'내가 죄수라니! 시베리아로 유형을 가야 하다니……. 억울해, 너무 억울해!'

문득 오래전에 사랑했던 남자의 얼굴이 떠올랐다. 바로 네플류도프의 얼굴이었다.

카츄사는 그를 진심으로 사랑했었다.

'그는 왜 나를 떠났을까?'

카츄사는 네플류도프를 생각하지 않으려고 애를 쓰며 살아왔다. 그는 자기에게 어울리지 않는 신분의 사람이었던 것이다. 그래서 술집 생활을 하며 살아오는 동안 누구에게도 말하지 않고 마음속에 꼭꼭 묻어 두었다.

'하느님, 저는 이제 어떻게 되는 건가요?'

카츄사는 흐르는 눈물을 닦을 줄도 몰랐다.

다음 날, 네플류도프는 잠에서 깨어났을 때 자신의 마음 안에서 어떤 변화가 일어나고 있음을 느꼈다. 그래서인지 마음이 한결 가벼웠다.

'새로운 삶을 시작하는 거야. 카츄사, 재판……. 그래, 이젠 더 이상 거짓말을 멈추고 모든 것을 밝혀야겠어.'

네플류도프는 앞으로의 계획을 다시 한 번 정리해 보았다.

'감옥으로 찾아가서 카츄사에게 용서를 빌자. 그리고 그녀가 원한다면 결혼을 하는 거야.'

네플류도프는 오래 함께 살아온 하녀 아그라페나를 불렀다.

"아그라페나, 오랫동안 여러 가지로 신세를 많이 졌어요. 하지만 이제 이런 큰 집과 많은 하인은 더 이상 필요 없게 되었어요."

늙은 하녀가 놀라서 물었다.

"갑자기 왜 그런 생각을 하셨어요?"

"깊이 생각해서 내린 결정이에요. 어제 나에게 중대한 일이 일어났거든. 혹시 고모님 댁에 있던 카츄사를 기억하나요?"

네플류도프는 먼저 하인들에게 자신의 처지를 사실대로 밝히기로 결심했다.

"그럼요, 참 예쁘고 착한 아가씨였지요. 제가 바느질을 가르쳐 주기도 한걸요."

"그런데 그 카츄사가 어제 재판을 받았어요. 난 그 재판의 배심원이었고요."

"세상에 어쩌다 그런 일이! 무슨 죄로 재판을 받았는데요?"

"살인죄예요. 그런데 아그라페나, 그게 모두 내 탓이었어요."

"그게 왜 주인님 탓인가요? 오늘 참 이상한 말씀만 하시네요."

"카츄사가 그런 길로 빠진 것은 오로지 내 탓이에요. 그래서 나는 그녀를 도울 수 있는 일이라면 어떤 일이든 할 계획이에요."

"그렇지만 주인님, 그건 주인님께서만 저지른 잘못이 아니고 누구에게나 있을 수 있는 일입니다. 그까짓 일로 인생을 바꾸신

단 말씀인가요?"

아그라페나는 정색을 하며 말했다. 그러나 네플류도프는 전혀 변화가 없었다.

"그렇지 않아요. 내가 저지른 잘못은 내가 책임을 져야 해요. 난 카츄사를 바른 길로 인도할 책임이 있어요."

네플류도프는 아그라페나에게 하인들과 집 처리 문제를 지시하고 집을 나섰다. 카츄사의 면회를 가기 위해서였다.

'이게 나인가?'

네플류도프는 재판소로 가면서 오늘은 자기가 전혀 새로운 사람이 된 것처럼 느껴져서 스스로도 놀라지 않을 수 없었다. 코르차킨 가도, 미시와의 결혼도 아주 먼 일처럼, 아니 남의 일처럼 여겨졌다.

'카츄사가 유형을 간다면 내가 미시와 결혼을 한다 해도 결코 행복해질 수 없을 거야. 한평생 무거운 마음의 짐을 지고 살겠지. 우선 변호사를 만나서 상황을 살펴보자. 그리고 카츄사를 만나서 모든 것을 다 말하자.'

네플류도프는 카츄사를 만나서 잘못을 고백하고 용서를 비는 자신의 모습을 상상했다. 자기가 할 수 있는 일이라면 어떤 일이라도 서슴지 않고 하겠으며, 용서를 구할 수 있다면 결혼까지도

하겠다고 말하는 자신의 모습을 상상하자 말로 표현할 수 없는
감동이 일어났다. 자기가 새로운 사람이 된 것 같은 기쁨에 눈물
까지 흘러내렸다.

재판소에 도착한 네플류도프는 검사를 만나 카츄사의 면회를 청했다.

검사는 난색을 보이며 딱하다는 듯이 그에게 물었다.

"공작님 같은 신분을 가진 분이 왜 그런 사람에게 관심을 가지십니까?"

"그녀가 아무런 죄도 없이 4년 유형을 받았기 때문입니다. 그리고 모든 죄는 저에게 있습니다."

네플류도프의 목소리는 떨리고 있었다.

"그건 무슨 이유에서입니까?"

검사가 물었다.

"제가 그녀를 그렇게 만들었습니다. 저는 한때 그녀를 무척 사랑했습니다. 그런데 그녀를 배신했습니다. 그래서 카츄사가 지금과 같은 처지에 놓이게 된 것입니다. 결국 모든 책임이 저에게 있는 것이지요. 저는 카츄사가 허락만 해 준다면 그녀와 결혼을 하려 합니다."

검사는 매우 놀라는 한편, 가슴 깊이 감동한 듯한 표정을 지었다. 귀족으로서 자신의 과오를 이렇듯 솔직하게 털어놓기란 아주 힘든 일이기 때문이었다.

"네, 좋습니다. 통행증을 써 드리지요. 잠깐 기다려 주십시오."

"고맙습니다."

네플류도프는 검사실을 나와 곧장 미결수 감방으로 갔지만, 카
튜사는 거기에 없었다. 유형수들의 감옥으로 옮겨졌던 것이다.

'일을 진작 처리했어야 하는 건데…….'

네플류도프는 카튜사가 유형수 감옥에 갇혀 있다는 것만 확인
한 채 되돌아서야 했다. 소장이 없어서 면회를 허락할 수가 없다
는 것이었다.

면회

그날 밤, 카츄사는 잠이 오지 않아 뜬눈으로 밤을 지새우고 있었다. 많은 생각들이 머릿속을 줄달음쳤다. 재판장에서 자신을 바라보던 많은 사람들의 시선, 면회를 와 주었던 베르타, 키타예바의 가게에서 그녀가 좋아했던 대학생…….

그러나 어찌된 셈인지 네플류도프에 대한 것만은 하나도 생각나지 않았다. 자신의 어린 시절이나 처녀 시절의 일, 특히 네플류도프와 나눈 사랑의 기억은 전혀 떠오르지 않았다. 그 생각을 꺼내는 것만으로도 너무 아프고 괴로운 일이었다. 필사적인 노력 끝에 그에 대한 생각을 마음속 가장 깊은 곳으로 가라앉혀 이제는 까마득히 잊었던 것이다. 오늘 낮 재판소에서 네플류도프를 알아보지 못한 것은 바로 그런 까닭에서였다.

7년 전 어느 날, 네플류도프의 아기를 갖게 된 그날 밤 이후 카
츄사는 그가 반드시 찾아와 줄 것으로 믿었다. 그러나 그는 오지
않았다. 고모들이 한 번 다녀가라고 편지를 해도 부대가 이동 중
이기 때문에 들를 수 없다는 답장만 왔다.

카츄사는 그가 페테르부르크로 간다는 것을 알아내고, 그를 찾
아가 만나 보기로 결심했다. 얼굴이라도 보고 싶었다.

비바람이 몰아치는 가을밤, 카츄사는 깜깜한 터널 같은 숲속을
헤매다 가까스로 역에 도착했다. 군인들이 탄 기차는 새벽 2시에
지나간다고 했다. 그러나 그때는 3분 동안 정차했던 기차가 출발
하기 직전이었다.

출발 벨 소리를 들으며 카츄사는 허겁지겁 1등칸 쪽으로 달려
갔다. 창 너머로 네플류도프의 얼굴이 보였다. 네플류도프는 한
장교와 마주 앉아 트럼프를 하고 있었다. 그는 무엇이 그리 즐거
운지 연신 웃는 얼굴이었다.

"네플류도프!"

카츄사는 급히 손으로 차창을 두드렸다. 그러나 기차는 이미
움직이기 시작했고 이내 속력을 냈다.

"네플류도프! 네플류도프!"

카츄사는 달리는 기차를 따라 뛰었다. 그러나 따라잡기에
는 기차의 속도가 너무 빨랐다. 1등칸이 멀어지고, 2등칸이
멀어지고, 3등칸에 이어 기차는 그녀에게서 점점 멀어졌다.

그러나 카츄사는 여전히 달리고 있었다.

"네플류도프!"

이윽고 그녀가 땅바닥에 쓰러졌다. 울음이 터졌다. 분하고 슬펐다.

'그는 호화로운 1등칸에서 술을 마시며 재미나게 놀고 있다. 그런데 나는 지금 이렇게 비바람 속에서 울고 있어야 하다니……'

절망감으로 눈앞이 캄캄했다.

"네플류도프는 가 버렸어. 날 버리고 떠나 버렸어."

카츄사는 울부짖었다. 그러다가 이를 악물었다.

'죽어 버리자. 다음 기차가 오면 몸을 던지자. 그러면 모든 게 끝나. 그는 평생 괴로움 속에서 살게 될 거야.'

그녀가 그렇게 결심을 했을 때였다. 뱃속의 아기가 힘차게 움직였다. 태동을 느끼는 순간 자살을 함으로써 네플류도프에게 복수하고 싶다는 마음도, 증오심도 순식간에 사라져 버리고 말았다.

카츄사는 비에 젖고 흙투성이가 된 채 집으로 돌아왔다. 이때부터 그녀는 남자를 믿지 않았고, 사랑을 믿지 않게 되었다. 사람들은 모두 거짓에 차 있으며, 자신의 욕망을 위해 가면을 뒤집어쓴 위선자라고 생각하게 되었다.

그녀는 이 마을 저 마을 돌아다니면서 타락한 생활을 시작했다. 술을 마시고, 담배를 피우고, 몸을 팔고, 영혼까지 팔았다.

'기분이 울적해지면 술을 마시고 담배를 피우며, 남자들과 어울려 놀면 돼!'

그렇게 하면 모든 게 잊혀질 것이라고 카츄사는 생각했다.

이튿날은 일요일이었다. 네플류도프는 아침 일찍 집을 나섰다. 오늘은 어떻게 해서든지 카츄사를 만나 이야기를 나눌 생각이었다. 네플류도프를 태운 마차가 감옥으로 가는 길모퉁이에 멈추었다. 길모퉁이에는 많은 사람들이 줄을 서서 기다리고 있었다. 그들은 하나같이 손에다 보따리를 들고 있었다.

"아직 들어갈 수 없습니까?"

네플류도프가 물었다.

"지금은 예배를 드리고 있습니다. 예배가 끝나야 들어갈 수 있답니다."

이윽고 예배가 끝나자 감옥의 육중한 문이 천천히 열렸다. 네플류도프는 다른 면회자들과 함께 안으로 들어갔다.

간수가 면회자들의 수를 일일이 세고 있었다. 네플류도프의 차례가 되자 간수는 그의 등을 철썩 치면서 수를 세었다. 네플류도프는 심한 모욕감을 느꼈다. 이런 대우는 처음이었다.

'여기서는 모든 사람들을 인간 이하로 대접하는구나.'

이런 생각을 하자 화가 치밀었다. 그러나 참을 수밖에 없었다.

그보다는 우선 카츄사의 면회가 더 급했기 때문이다.

네플류도프는 형무소의 관리를 찾았다.

"카츄사라는 여죄수를 면회 왔습니다."

관리는 그의 옷차림이나 얼굴 모습을 보고 예사 사람이 아니라고 느낀 모양인지 곧바로 여죄수 면회실까지 안내해 주었다.

여죄수 면회실도 남죄수 면회실과 마찬가지로 매우 시끄러웠다. 철망을 사이에 두고 여러 사람이 달라붙어서 큰 소리로 외치듯이 말을 하고 있었기 때문에 대화가 불가능할 정도였다.

네플류도프는 면회실 안을 두리번거리다가 다른 죄수들 틈에 섞여 있는 카츄사를 발견했다. 갑자기 가슴이 뛰고 숨이 막혔다.

"카츄사 마슬로바, 면회!"

간수가 소리치자 카츄사가 쭈뼛쭈뼛 다가왔다.

"누구시죠?"

카츄사는 처음에 그를 알아보지 못했다. 그러나 잠시 후, 네플류도프의 얼굴을 알아보고는 크게 놀라며 눈을 치떴다.

"카츄사, 내가 누구인지 알겠소?"

네플류도프는 목이 메어 철조망을 움켜쥐고 입술을 깨물었다.

"예전엔 아는 얼굴이었는데……, 지금은 모르는 사람이네요."

카츄사의 대답은 냉담했다.

"내가 온 것은……."

네플류도프는 말을 잇지 못했다.

'나는 참회하고 있소. 당신을 위해 내가 해야 할 일을 하려고 하오.'

이렇게 말하려고 했지만 눈물이 솟구치고 목이 메어 말이 나오질 않았다.

두 사람은 철조망을 사이에 두고 잠시 우두커니 서 있었다. 이 모습을 지켜보던 간수가 특별히 호의를 베풀어 조용한 곳으로 안내해 주었다.

"당신이 나를 용서하지 않으리라는 것을 알고 있소. 난 참으로 나쁜 짓을 저질렀소."

네플류도프는 카츄사의 얼굴을 바라보았다. 오랫동안 햇빛을 보지 못해 창백했지만 여전히 아름다웠다. 그러나 전에 마음을 사로잡았던 천진난만한 눈빛과는 달리 어딘지 천해 보였다.

"날 용서해 주시오. 지나간 일은 이제 다시 돌이킬 수가 없으므로……. 그 대신 이제부턴 당신을 위해 내가 할 수 있는 일을 무엇이든 할 생각이오."

"제가 여기에 있는 걸 어떻게 알았지요?"

카츄사의 목소리는 표정만큼이나 차고 쌀쌀했다.

"나는 엊그제 열렸던 당신 재판의 배심원이었소. 그때 날 알아보지 못했소?"

"알 까닭이 없지요. 난 그럴 겨를이 없었고, 또 당신이 거기 있으리라고는 꿈에도 생각지 않았으니까요."

"그런데, 아기가 생겼다던데……."

이 말을 하면서 네플류도프는 얼굴이 새빨개졌다.

"낳자마자 곧 죽었어요, 고맙게도. 하느님이 도와주신 거죠."

카츄사는 네플류도프를 외면하며 매정스럽게 대답했다.

"아니, 왜 그렇게?"

"병이 들었지요. 하마터면 나까지 죽을 뻔했어요."

카츄사는 그를 쳐다보지도 않고 말했다.

"왜 고모들이 당신을 내보냈소?"

"처녀의 몸으로 임신한 하녀를 곱게 볼 주인이 어디에 있겠어요. 배가 불러 오자 곧 쫓겨났어요. 그러나 그런 건 이제 아무렇지도 않아요. 저는 아무것도 기억하고 있지 않으니까요. 이미 끝난 일인걸요."

"아니, 끝난 일이 아니오. 나는 그냥 있을 수가 없소. 이제라도 당신에게 나의 죄를 용서받고 싶소."

"……."

"나를 용서해 주시오."

네플류도프는 진심으로 말했다. 그러나 카츄사의 눈빛은 여전히 차가울 뿐이었다.

"그럴 필요 없어요. 과거의 일은 과거의 일, 이미 지나가 버린 일이니까요."

"……!"

카츄사는 이렇게 말하면서 네플류도프를 빤히 쳐다보며 미소를 지었다. 네플류도프는 가슴이 아팠다.

매우 애처롭게 느껴지는, 그러면서도 마음을 홀리는 것 같은 매혹적인 미소였다.

순수는 어디로

카츄사는 오늘, 더군다나 이런 곳에서 네플류도프를 만날 줄은 꿈에도 생각하지 못하고 있었다. 그를 본 순간, 기쁜 마음과 함께 자신을 배신한 데 대한 원망의 마음이 함께 일었다.

처음엔 전에 서로 사랑했던 청년으로서 그리운 마음이 물결쳐 올랐으나 곧 냉정한 마음으로 돌아섰다. 지금 나타난 네플류도프는 분명히 예전의 그가 아니었다.

'이제 이 훌륭한 차림에 턱수염을 기르고 향수 냄새를 풍기는 신사는 예전의 네플류도프가 아니야. 자기 필요에 따라 여자를 이용하거나 버리거나 하는 속물스런 한 남자일 뿐.'

그래서 그녀는 이 남자를 어떻게 이용할까 하고 생각했다. 그러곤 다시 애처로운 미소를 보냈다.

"지난 일에 매달리기에는 현실적으로 더 어려운 일이 있어요. 저는 징역형을 받았고, 시베리아로 유형을 가게 될 거거든요."

"알고 있소. 그리고 당신에게 죄가 없다는 것도……."

네플류도프는 말했다.

"그래요, 저는 죄가 없어요. 저는 도둑질이나 강도 짓을 할 수 있는 여자가 아니에요. 모두 변호사 탓이라고들 해요. 유능한 변호사를 구해 청원서를 내라고 하는데, 제게 그런 큰돈이 있어야지요."

"맞아요. 청원이 필요하오. 그래서 내가 변호사를 이미 구해 놓았소."

"엄청나게 많은 돈이 든다는데요?"

"그런 건 걱정하지 마시오. 내가 할 수 있는 일이라면 무엇이든 하겠소."

한동안 침묵이 흘렀다. 그녀는 또 애처로운 표정을 지으며 말했다.

"저, 부탁이 있어요. 가능하다면 돈 좀 주실 수 있어요? 감옥에서도 돈이 필요해요."

카츄사는 술과 담배를 사기 위해서라는 말은 감췄다.

"조금이라도 좋아요. 10루블쯤, 그 정도면 좋겠어요."

네플류도프는 고개를 끄덕였다.

"그러지요."

네플류도프는 당혹감을 감출 수 없었지만 내색하지는 않았다. 그는 지갑을 꺼냈다. 그때 카츄사가 감시를 하고 있는 장교의 눈치를 살폈다.

"잠깐만요. 저 사람 앞에서 돈을 꺼내지 마세요. 저 사람이 알면 모두 빼앗겨요."

"……!"

카츄사는 지갑과 장교를 번갈아 쳐다보면서 안절부절못했다. 그 모습을 지켜보며 네플류도프는 마음이 아팠다.

'아아, 이 여자는 벌써 죽어 버렸어!'

소녀 시절의 카츄사는 순진하고 귀여운 여자였다. 그런데 지금은 교활하고 당장 눈앞의 것밖엔 보지 못하는 사람으로 전락해 있었다. 아름다웠던 그녀의 순수함은 어디로 갔단 말인가.

네플류도프는 마음이 심하게 동요했다.

'차라리 잘된 일인지도 몰라. 이런 여자를 상대한다는 것은 목에 돌을 매달고 물속으로 들어가는 것과 다름이 없어. 그렇게 되면 내가 이 세상에서 할 수 있는 일은 아무것도 없어. 아예 내가

가지고 있는 돈을 다 주어 버리고 여기서 깨끗이 인연을 끊는 것이 현명할지도 몰라.'

그러나 또 한편으론 이런 생각이 고개를 들었다.

'아니야. 지금이야말로 나에겐 다시없는 중요한 기회야. 이 기회를 놓친다면 나의 정신 생활은 또다시 후퇴하게 될 거야.'

그는 용기를 내어 카츄사에게 자신의 생각을 밝히기로 했다.

"카츄사, 나는 당신에게 용서를 받고 싶어서 여기까지 달려왔소. 그런데 당신은 아직 나에게 용서한다고 말하지도 않고, 용서해 주겠다고 말하지도 않는구려."

그러나 카츄사는 듣고 있지 않았다. 그녀의 관심은 오직 네플류도프의 지갑과 돈에만 쏠려 있었다. 그녀는 장교의 눈길을 피해 재빨리 돈을 훔치듯 낚아채고는 옷 속에 감추었다.

그러한 카츄사를 바라보며 네플류도프는 그녀가 왠지 딱딱한 껍데기를 뒤집어쓰고 있어서 마음 안으로 들어가는 것을 허용하지 않고 있다는 것을 느꼈다.

장교가 면회 시간이 끝났다고 알려 주었다.

"잘 있어요. 할 말은 매우 많은데, 오늘은 더 이상 안 되겠소. 며칠 뒤에 다시 봅시다."

네플류도프가 손을 내밀었으나 카츄사는 잡지 않았다.

"글쎄요. 전 할 이야기가 없는데……."

카츄사는 손을 뒤로 감추며 차갑게 말했다. 그러자

네플류도프가 다시 말했다.

"아니, 당신과 좀 더 마음을 열고 이야기할 수 있는 시간을 만들어 보겠소. 그때 당신에게 말하지 않으면 안 될 중요한 것들을 말할 거요."

"편할 대로 하세요."

카츄사는 머리를 내저으면서 철망 저쪽으로 사라졌다.

카츄사가 사라지자 네플류도프는 착잡한 심정이 되었다. 그는 자기가 정성을 다해 속죄하고 그녀를 위해 보상을 하면 그녀가 감동하여 예전의 카츄사로 되돌아올 것으로 믿었다. 그러나 그녀는 이미 옛날의 카츄사가 아니었다.

네플류도프는 답답했다. 카츄사에 대한 죄책감이 가슴을 무겁게 짓누르고 있었다.

나의 몸값은 100루블

며칠 뒤, 네플류도프는 변호사 파나린이 작성해 준 상소장을 가지고 감옥으로 향했다.

네플류도프가 감옥을 찾아간 이유는 두 가지 목적을 위해서였다. 첫째는 카츄사를 면회하는 것, 둘째는 상소장에 서명을 받는 것 때문이었다.

"안녕하세요?"

간수와 함께 들어온 카츄사는 지난번과는 달리 명랑한 얼굴로 인사를 했다.

"카츄사, 잘 지냈소? 상소장을 작성해 왔소. 여기, 당신의 서명이 필요하오."

네플류도프는 카츄사의 달라진 태도에 내심 놀라며 말했다.

"좋아요, 뭐."

카츄사는 손해 볼 것 없다는 듯이 서명을 했다.

"만약에……."

서명이 끝나자, 네플류도프는 정색을 하며 말했다.

"만약에 이 상소가 잘 안 되면 나는 황제께 탄원서를 낼 생각이오. 아무튼 나는 최선을 다할 거요."

"그러세요? 지난번 변호사가 조금만 똑똑했어도 이런 일은 없었을 텐데……."

카츄사는 마치 남의 일을 말하듯 킥킥거렸다.

"그보다 더 급한 부탁이 하나 있어요."

"말해 봐요. 내가 할 수 있는 일이라면 무엇이든 하겠소."

"당신이라면 가능한 일일 거예요. 우리 감방에 불쌍한 할머니 한 분이 있는데요, 아무 죄도 없이 들어와 있어요. 아들도 함께 들어왔다고 해요. 방화범이라고 하는데, 우린 그 모자가 무죄라는 걸 알고 있지요. 그들을 위해 한번 애써 주시겠어요? 부탁이에요."

네플류도프는 잠시 생각을 하다가 고개를 끄덕였다.

"좋소. 할머니든 그의 아들이든 만나서 이야기를 들어 보도록 하지요. 그렇지만 나는 당신과 나의 이야기를 하고 싶소."

"우리 이야기는 이미 끝나지 않았나요?"

"아니오. 나는 속죄의 마음을 말이 아닌 행동으로 보여 주고 싶소. 나는 당신과 결혼을 할 생각이오."

순간 카츄사의 얼굴에 놀라움의 빛이 떠올랐다. 그리고 곧 사나운 목소리로 쏘아붙였다.

"그런 것이 왜 또 필요해졌나요?"

"나는 신을 믿소. 신에 대해 그렇게 하지 않으면 안 된다고 생각했소."

"신이라고요? 도대체 어떤 신이라는 말이에요? 당신의 말은 모두 터무니없는 거짓말이에요. 당신은 벌써 오래전에 신을 생각해 냈어야 해요. 아셨어요?"

네플류도프는 그제야 그녀에게서 술 냄새가 많이 난다는 것을 알았다. 그리고 왜 그녀가 그토록 흥분해 있는지도 깨달았다.

"좀 진정해요."

"진정이고 뭐고 필요 없어요. 제가 취한 줄로 아세요? 그래요, 취했어요. 그렇지만 내가 말하고 있는 것에 대해서는 분명하게 다 알고 있단 말예요. 전요, 징역살이를 하게 된 죄수예요. 그러나 당신은 지주 어른에다 공작님이잖아요? 저 같은 여자 때문에 당신의 얼굴에 먹칠을 할 필요까진 없잖아요? 어서 다른 공작님의 딸이나 만나 보러 가세요. 저는 당신에게 몸값이 겨우 100루블이잖아요?"

"당신이 아무리 심한 말을 해도 나는 변명을 할 수가 없소. 다만, 내가 당신에게 얼마나 깊이 죄의식을 갖고 있는지 당신은 모를 거요."

"흥! 죄의식이요? 정말 웃기시는군요. 그때 100루블을 던져 줄 땐 전혀 그런 걸 못 느꼈나요?"

"미안하오. 그래서 이번에야말로 당신을 놓치지 않으려고 결심을 한 거요."

"공작 나리!"

카츄사는 큰 소리로 웃었다.

"당신은 지금, 날 이용하여 스스로를 구원받고 싶어 하는 거예요. 한때 날 노리개로 농락하더니, 이제 와선 구원의 도구로 삼으려는 건가요! 당신 같은 인간은 얼굴 맞대고 보는 것조차 신물이 나요. 그 안경, 기름기 번들거리는 얼굴……. 꼴도 보기 싫으니 돌아가세요, 당장!"

흥분한 카츄사가 네플류도프의 얼굴을 노려보며 소리쳤다.

"카츄사……."

네플류도프는 그녀의 이름만 나직이 불렀다.

이윽고 카튜사는 때마침 나타난 간수를 따라 나가고 말았다.

카튜사가 감방으로 돌아오자 코라블료바 할머니가 다가왔다.

"자넨 앞날이 훤히 열리겠네그려. 귀하신 분 같은데, 자네에게 홀딱 반한 것 같아. 잘 처신하게. 돈 있는 사람들은 무엇이든 할 수가 있거든."

건널목 간수를 했던 아주머니도 한마디 했다.

"정말 그래요. 가난뱅이는 시집을 가도 밤에 잠을 잘 틈조차 낼 수가 없지요."

코라블료바 할머니가 다시 정색을 하고 물었다.

"그건 그렇고. 카튜사, 내가 부탁한 것 그분께 말씀드려 봤어? 내 아들을 만나 주겠대?"

"……."

카튜사는 아무 말도 하지 않고 쓰러져 누웠다.

카튜사의 마음속에서는 고뇌에 찬 싸움이 벌어지고 있었다. 네플류도프와의 만남은, 그녀가 힘겹게 도망쳐 나온 증오의 세계로 그녀를 다시 데려가고 있었던 것이다. 그날 밤, 카튜사는 네플류도프에게 받은 돈으로 또 술을 사서 마셨다.

네플류도프가 카튜사와 헤어져 형무소를 나오고 있을 때, 간수한 명이 조심스럽게 다가왔다.

"네플류도프 공작님이시죠?"

"그렇습니다만……."

간수는 편지 한 통을 건네주었다.

"어떤 여자 죄수가 공작님께 이걸 정중하게 전해 달라고 부탁하더군요. 그 죄인은 정치범이에요. 저는 그쪽을 담당하고 있습니다. 이런 일이 규칙에 어긋나는 것은 알지만, 인정상 어쩔 수가 없어서……."

"음, 알겠소."

네플류도프는 집으로 돌아와서 편지를 읽었다.

당신이 한 형사범 때문에 형무소에 자주 오신다는 말을 듣고 당신을 만나고 싶어졌습니다.

저에게 면회를 와 주십시오. 당신에게는 틀림없이 면회가 허락될 것입니다. 저는 카츄사라는 여자나 우리 동료들을 위해 많은 정보를 제공해 드릴 수 있습니다.

베라 보고두호프스카야 올림

'베라?'

네플류도프는 곧 기억 속에서 베라를 찾아냈다. 베라 보고두호프스카야는 네플류도프가 청년 시절에 곰 사냥을 갔다가 만난 시골의 여교사였다. 베라는 그때 상급 학교로 가서 공부를 하고 싶다며, 그에게 학비를 지원해 달라고 요청한 일이 있었다. 물론 그는 기꺼이 학비를 보태 주었다. 그러고는 그 여교사를 까맣게 잊고 있었던 것이다.

'정치범? 아마도 혁명 운동에 참가한 모양이지?'

네플류도프는 베라를 만나 보아야겠다고 생각했다.

새로운 시작

　다음 날 아침, 잠에서 깬 네플류도프는 어제의 일을 생각하며 갑자기 두렵다는 느낌에 사로잡혔다. 카츄사와의 관계가 앞으로 어떻게 될지 전혀 예측할 수 없었다.

　'그렇지만 일단 벌여 놓은 일…….'

　네플류도프는 무슨 일이 있어도 일을 계속 추진해 나가기로 굳게 결심했다.

　네플류도프는 집을 나서 마슬레니코프를 만나기 위해 마차를 타고 달렸다. 카츄사와 베라의 면회를 허가받기 위해서였다.

　마슬레니코프는 군대 시절부터 잘 알고 지내는 사이로, 사람 됨됨이가 훌륭하고 실력 있는 장교였다. 그는 군대를 제대한 후

부지사가 되어 있었다.

"자네가 원한다면……."

마슬레니코프는 네플류도프가 부탁한 대로 카츄사와 베라에 대한 면회 허가서를 써 주었다.

네플류도프는 허가서를 가지고 곧바로 형무소의 소장을 찾아갔다.

소장은 네플류도프에게 자리에 앉으라고 권한 뒤 말했다.

"무슨 일로 찾아오셨습니까?"

"저는 지금 부지사에게 이 허가증을 받아 왔습니다. 카츄사 마슬로바를 면회할 수 있도록 해 주십시오."

"아, 카츄사 마슬로바는 오늘 면회가 안 됩니다."

"여기 허가서가 있는데요."

소장은 소리 없이 웃으며 설명을 했다.

"사실은 어제 공작님께서 잘못하신 겁니다. 앞으로는 그런 사람에게 절대 돈을 주지 마십시오. 주시려면 저에게 맡기십시오. 카츄사는 어제 공작님께서 주신 돈으로 술을 사 마시고, 심한 난동을 부렸습니다."

"그게 정말입니까?"

"믿기 어려우시겠지만 사실이에요. 겨우겨우 수습을 하여 지금

다른 감방으로 옮겨 놓았습니다. 평상시엔 온순한데, 술만 마시면⋯⋯."

네플류도프는 어제 카츄사와의 면회를 생각하고 또다시 두려움을 느꼈다.

그는 잠시 침묵을 지키고 있다가 다시 물었다.

"그렇다면 정치범 베라 보고두호프스카야는 혹시 면회할 수 있습니까?"

"가능합니다. 그 죄수는 높은 건물 쪽에 있어서 데려오는 데 시간이 좀 걸릴 것입니다."

"그럼, 그 사이에 메니쇼프 모자를 만날 수 있겠습니까? 방화죄로 들어와 있다고 하던데요."

"그렇게 하시지요."

네플류도프는 부소장의 도움을 받아 메니쇼프를 만났다.

네플류도프는 메니쇼프의 이야기를 들어 본 결과, 그가 아무런 죄도 없이 모함에 빠져 들어왔다는 것을 바로 알 수가 있었다.

"저는 억울합니다. 그런 일은 생각도 해 본 적이 없습니다. 술집 주인이 제 아내를 빼앗아 간 뒤 보험금을 타기 위해 자기 집에다 불을 지른 것입니다. 그리고 저와 어머니에게 방화죄를 뒤집어씌운 것입니다."

"그게 사실이오?"

"하느님께 맹세합니다. 정말입니다. 이대로 있으면 시베리아로 유형을 가게 됩니다. 꼭 도와주십시오."

메니쇼프는 간절하게 애원했다.

네플류도프는 그가 안쓰러워 힘써 보겠다고 약속을 했다.

네플류도프는 죄가 없는데도 감옥 생활을 하는 사람이 의외로 많으며, 그들이 학대 속에 힘들게 살고 있다는 것을 알게 되었다. 그리고 그들을 위해 무언가 일을 해야 한다고 마음먹었다.

"일부러 와 주셔서 감사합니다."

베라의 쾌활한 모습에 네플류도프는 속으로 크게 놀랐다.

'감옥살이를 하면서도 이렇게 밝고 명랑하다니!'

네플류도프는 베라가 자신이 한 일에 대해 신념과 긍지를 가지고 있기 때문이라고 생각했다.

"이런 데서 만나게 될 줄은 꿈에도 몰랐습니다. 어쩌다가 이런 곳에 들어오게 되셨습니까?"

"그런 눈으로 저를 보지 마세요. 저는 제가 한 일에 대해 자랑스럽고 행복하게 생각하고 있으니까요. 모두가 평등한 새 나라를 건설하는 일! 얼마나 멋진 일이에요?"

베라는 학교를 졸업하자마자 혁명당에 가입하여 거기서 동지

들과 함께 일하게 되었다고 했다.

처음 얼마 동안은 모든 일이 순조롭게 진행되어 선전 광고를 만들기도 하고 공장에서 당원 교육을 하기도 했다. 그런데 한 간부가 체포되어 비밀 서류를 빼앗기는 바람에 함께 활동하던 당원들이 모두 잡혀 왔다는 것이었다.

베라는 네플류도프에게 두 가지 부탁을 했다.

첫째는, 여권의 기한이 지났다는 이유로 페트로파블로프스크의 요새 감옥에 갇혀 있는 친구 슈스토바가 석방될 수 있도록 도와달라는 것.

둘째는, 동지 가운데 구르게비치에게 부모님과 면회를 할 수 있도록 주선해 주고, 그의 연구에 필요한 책들을 넣어 달라는 것이었다.

네플류도프는 힘닿는 데까지 애써 보겠다고 약속했다. 그러자 베라는 카츄사에 대한 정보를 말해 주었다.

"그 아가씨를 정치범 감방으로 옮겨 오게 하거나, 병원에서 봉사하도록 빼내는 게 유리할 거예요. 요즘 환자가 많아 병원에 손이 딸리거든요."

네플류도프는 베라의 충고를 고맙게 받아들였다.

면회 시간이 끝나 형무소에서 나오면서 네플류도프는 생각에 잠겼다.

'무서운 일이야.'

메니쇼프의 무고한 고통은 정말 몸서리쳐지는 것이었다. 또, 여권의 기한이 지났다는 이유만으로 수백 명이나 되는 사람들이 죄 없이 고통받고 있는 것도 무서운 일이었다. 그런가 하면, 자신의 동포를 학대하면서도 죄의식이 전혀 없는 간수들 또한 무섭게 느껴졌다.

'왜 이래야만 하지? 어떻게 해야 하지?'

네플류도프는 감옥을 찾을 때마다 정신적인 고통을 느끼며 스스로에게 물어보았다. 그러나 아무런 대답도 찾을 수 없었다.

이튿날, 네플류도프는 변호사 파나린을 찾아갔다.

네플류도프는 메니쇼프 모자의 사건을 설명하고 나서 그에 대한 변호를 의뢰했다.

"사건의 진상을 조사해 본 다음, 그것이 사실이라면 무보수로 변호를 맡겠습니다."

파나린은 흔쾌히 대답했다.

"파나린 씨, 지금 형무소 안에는 여권 때문에 130명이나 되는 사람들이 억류되어 고통을 받고 있습니다. 이것은 누구의 책임일까요?"

"누구의 책임이냐고요?"

파나린이 놀란 목소리로 물었다.

"누구에게도 책임은 없습니다. 검사에게 말하면 지사의 책임이라고 대답할 것이고, 지사에게 말하면 검사의 책임이라고 말할 것입니다. 따라서 누구의 책임도 아닌 것이지요."

파나린 변호사와 헤어진 네플류도프는 그길로 부지사 마슬레니코프를 찾아갔다. 그러나 마슬레니코프 역시 속 시원한 해답을 제시하지는 못했다. 다만, 카츄사를 병원으로 옮길 수 있도록 조처를 받은 것이 수확이라면 수확이었다.

병원으로 옮겨 봉사 생활을 하라는 네플류도프의 권고를 받은 카츄사는 펄쩍 뛰었다.

"저더러 환자들의 변기나 치우고 있으라고요?"

그녀의 얼굴에는 적개심이 가득 차 있었다.

"제발 저를 이대로 내버려 두세요."

"카츄사, 왜 당신을 내버려 두라는 말이오?"

"이미 이렇게 된 걸 이제 어찌하겠다는 거예요. 그러니 제발 이대로 놔 두세요. 당신의 보살핌을 받는 건 목을 매달아 죽느니보다 못해요. 진심이에요."

네플류도프는 카츄사의 눈빛과 몸짓에서 뼈에 사무친 원망과

미움을 읽었다. 그러나 거기에는 또 다른 무엇인가가 담겨 있다는 것을 느꼈다. 그것은 카츄사 마음 깊은 곳에 숨어 있는 순수함이었다.

'카츄사는 자신의 문제 때문에 내가 곤경에 빠지는 것을 막기 위해 저러는 거야.'

그는 단호한 목소리로 말했다.

"나는 이제 곧 시골에 내려갔다가, 거기서 페테르부르크로 갈 것이오. 그리고 당신과 우리들의 문제를 위해 전념하겠소. 판결은 반드시 취소될 거요."

"취소되지 않아도 상관없어요. 우린 어차피 벌을 받아 마땅한 인간들이니까요. 참, 메니쇼프를 만나 보셨어요? 어떻게 도와줄 수 있어요?"

"유능한 변호사를 선임했소. 잘될 거요."

카츄사의 얼굴이 갑자기 밝아졌다.

"정말 잘됐네요. 고마워요."

그녀의 기뻐하는 얼굴을 보니 네플류도프도 덩달아 마음이 밝아졌다.

"참, 병원으로 가는 것 말인데요, 내가 거기로 가는 것이 좋겠다고 생각하신다면 그렇게 하겠어요."

"잘 생각했소."

네플류도프는 아직도 남을 생각하는 카츄사의 마음에서 어떤
가능성을 발견했다.

'카츄사는 다시 예전의 순수한 사람으로 돌아올 거야.'

네플류도프는 기대에 찬 마음으로 카츄사와 헤어졌다.

카츄사에 대한 희망이 생겼다.

땅이란

카츄사 사건에 대한 원로원에서의 심의는 2주일 뒤쯤 이루어
진다는 변호사의 설명을 듣고 네플류도프는 마음을 정리했다.

'만약 원로원에서도 유죄 판결을 받는다면 황제께 탄원서를 내
야겠어.'

네플류도프는 자신의 계획대로 실행에 옮길 생각이었다.

'그리고 만약 최악의 상황이 닥치면 내가 시베리아 유형지로
따라가는 수밖에 없어. 그러려면 미리 준비를 해 두어야 해.'

네플류도프는 자신의 여러 문제를 정리하기 위해 시골로 내려
갔다.

그는 먼저 쿠즈민스코예의 땅을 정리했다.

'아무것도 한 일이 없이 부모님의 땅을 그대로 상속받는 것은 모순이야. 땅이란 직접 씨를 뿌리고 가꾸는 사람들의 소유가 되어야 옳아.'

토지에 대한 네플류도프의 생각이었다. 그래서 그는 영지 관리인이나 농민 대표들과 협의하여 이전보다 훨씬 낮은 소작료에 토지를 농민들에게 나누어 주었다.

네플류도프는 땅을 나누어 주면서 많은 갈등을 겪었다.

'이 많은 땅들은 모두 부모님께서 노력하여 마련한 것들이다. 그런데 농민들에게 모든 땅을 나누어 주어 스스로 내 재산을 망칠 필요가 있을까?'

그러나 한편으론 이런 생각도 들었다.

'그래도 나는 땅을 갖고 있어서는 안 돼. 내가 카츄사를 따라 시베리아로 떠나면 땅이나 집이 무슨 소용이란 말인가.'

또 한편으론 가슴속에서 이런 소리가 들렸다.

'나는 지금까지 부모님의 땅을 상속받아 부족함 없이 잘 살아 왔다. 부모님이 나에게 그랬듯이 나도 나중에 태어날 내 자식들을 위하여 땅을 유산으로 물려주는 것이 부모된 의무가 아닐까? 또 내가 지금 농민들에게 땅을 나누어 주는 것은 다른 사람들에게 존경 받으려는 위선이 아닐까?'

기나긴 갈등 끝에 네플류도프가 내린 결론은 이것이었다.

'토지 제도의 모순은 하루아침에 개혁되지 않는다. 그러나 내가 이렇게 하는 것은 비겁하고 위선적인 귀족들과 정면으로 싸우겠다는 결심의 표시이다.'

쿠즈민스코예의 토지를 정리한 네플류도프는 고모들에게 상속받은 토지 역시 정리하기 위해 길을 떠났다. 그곳은 카츄사를 처음 만난 장소여서 감회가 깊고 의미가 있는 곳이었다.

네플류도프는 고모들에게 상속받아 자신의 땅이 된 영지를 한 바퀴 둘러보았다. 여기서도 농민들의 생활은 한결같이 가난하고 비참했다. 식사는 빵 한 조각에 멀건 수프가 고작이었고, 그것도 없어서 감자로 연명하는 사람들도 많았다. 그런 농민들에게 꼭 필요한 것은 농사를 열심히 지을 수 있는 자신의 땅이었다.

'토지는 개인의 소유가 될 수 없으며, 물이나 공기나 햇빛처럼 사고파는 물건이 될 수 없다. 토지란 그곳에서 일하지 않는 사람의 소유물이 될 수가 없으며, 하느님의 선물이므로 누구든지 토지를 이용할 권리가 있다.'

네플류도프는 쿠즈민스코예에서 다른 데에 비하면 아주 싸지만 그래도 소작료를 받기로 하고 땅을 나누어 준 것이 잘못이라는 생각에 이르렀다. 그래서 그는 여기서는 아예 소작료를 자신이 갖지 않기로 결심했다.

네플류도프는 농민 대표들을 불러 자신의 생각을 설명했다.

"토지에서 얻은 수익은 당연히 농민들이 나누어 가져야 합니다. 여러분은 토지를 이용한 대가로 소작료를 내왔지요? 앞으론 그 소작료를 저에게 주지 말고 마을의 공동 기금으로 만들어 이용하라는 것입니다."

그러나 농민들은 이런 일이 처음이기 때문에 흔쾌히 믿으려 들지를 않았다.

"기름진 땅이 있고 그렇지 않은 땅이 있는데, 기름진 땅은 누가 갖습니까?"

농민들은 이해가 가지 않는다는 듯 물었다. 여기저기서 비슷한 질문이 쏟아졌다.

"땅이 다른데 똑같이 사용료를 내는 것은 공평하지 않은 처사가 아닙니까."

"그렇지 않습니다. 기름진 땅을 경작하는 사람은 기금을 더 많이 내고, 수확물이 적은 사람은 적게 내면 됩니다. 그리고 그 기금으로 조합을 운영해 나가면 마을 사람들이 함께 잘살 수 있게 됩니다."

처음에 농민들은 네플류도프의 제안을 교활한 계략이라고 생

각했다. 그러나 나중에 그의 진심을 알고는 감사히 받아들였다.

소작료를 받지 않고 땅을 농민들에게 나눠 주고 나자, 네플류도프는 눈앞에 새로운 세계가 펼쳐져 있는 것 같은 기분이 들었다. 그것은 새로운 것에 대한 호기심 같은 신비한 느낌이었다. 즉 마음을 비운 뒤에 채워지는 충만함 같은 것이기도 했다.

마을을 떠나기 바로 전날 밤, 네플류도프는 고모들의 방에서 오래된 사진 한 장을 발견했다. 사진 속에는 두 고모와 대학생 청년 네플류도프, 그리고 앳된 소녀 카츄사가 활짝 웃고 있었다.

네플류도프는 그 사진을 간직하고 모스크바로 돌아갔다.

마음 안의 움직임

모스크바로 돌아온 네플류도프는 곧 형무소 근처에 집을 구했다. 카츄샤의 뒷바라지에 전념하기 위해서였다.

네플류도프는 먼저 변호사 파나린을 찾아갔다. 파나린은 메니쇼프 모자의 방화 사건에 대해 이야기하며 매우 분개했다.

"조사해 보니 술집 주인이 보험금을 타 먹으려고 불을 지른 것이 확실했습니다. 아주 악질적인 인간이었습니다."

파나린의 얼굴이 붉어졌다.

"그리고 메니쇼프는 범행의 증거물이 전혀 없었습니다. 그럼에도 불구하고 그런 판결을 내리다니! 이 세상에는 정의가 없는 걸까요? 여기 황제께 올리는 탄원서를 써 놓았습니다. 페테르부르크에 가시면 직접 제출하고 청원을 하십시오."

"네, 그렇게 하겠습니다. 수고하셨습니다."

파나린의 사무실을 나온 네플류도프는 형무소로 갔다. 그러나 카츄사는 이미 병원의 봉사원으로 가 있었다.

네플류도프는 병원으로 향했다.

잠시 후 나타난 카츄사는 위생 앞치마를 두르고 있었다. 그녀는 네플류도프를 보더니 얼굴이 살짝 붉어졌다가 다시 어두운 표정이 되었다. 확실히 감방에 있을 때와는 다른 모습이었다.

"그동안 시골에 다녀왔소. 이제 곧 황제께 청원을 하기 위해 페테르부르크에 갈 거요."

네플류도프는 고모 집에서 발견한 사진을 꺼내었다.

"이 사진을 봐요. 옛 생각이 날 거요."

카츄사는 무심코 사진을 받아 들여다보다가 깜짝 놀랐다. 그러고는 아무 말도 하지 않고 감추듯 앞치마 주머니에 쑤셔 넣었다.

"여기 생활은 어떻소?"

"……."

카츄사는 네플류도프의 물음에 선뜻 대답하지 못하고 머뭇거렸다.

"지낼 만은 한 거요?"

그제야 카츄사는 작은 목소리로 말했다.

"좋아요. 좋은 곳이에요."

"일은 힘들지 않소?"

"힘들지 않아요. 아직 익숙해지진 않았지만……."

"다행이구려. 아무래도 저쪽보다는 나을 테니까……."

네플류도프의 말에 카츄사는 이마를 살짝 찌푸렸다.

"아뇨. 형무소엔 사실 좋은 사람들이 더 많은걸요."

"하긴……."

네플류도프는 카츄사의 말에 수긍하지 않을 수가 없었다. 형무소 안에는 죄도 없이 갇혀 있는 선량한 사람들이 의외로 많다는 것을 그도 이제 잘 알았다.

"그동안 메니쇼프 모자 문제로 바빴소. 반드시 석방될 거라고 생각하오."

"그렇게 된다면 얼마나 좋을까요. 참 선하신 할머니인데……."

"나는 오늘 페테르부르크로 갈 생각이오. 당신 사건은 곧 재심이 될 텐데, 아마도 판결이 취소될 것으로 믿고 있소."

네플류도프가 밝은 목소리로 말했지만 카츄사의 얼굴은 여전히 어두웠다.

"어떻게 되든 이젠 마찬가지예요."

"이젠 마찬가지? 그게 무슨 뜻이오?"

"그건, 그건……."

카츄사는 머뭇머뭇하면서 뭔가를 묻고 싶어 하는 눈빛으로 네플류도프를 힐끔 쳐다보았다. 그때 병실이 시끄러워지면서 어린애 울음소리가 들렸다.

"저를 찾고 있나 봐요. 이제 가 봐야 해요."

카츄사는 갑자기 안절부절못했다.

"그러면 오늘은 이만 돌아가겠소."

네플류도프는 손을 내밀어 악수를 청했다. 그러나 카츄사는 그가 내민 손을 못 본 체하며 허둥지둥 몸을 돌려 사라지고 말았다.

'카츄사는 무슨 생각을 하고 있는 것일까? 도대체 무엇을 느끼고 있는 것일까?'

네플류도프는 종잡을 수가 없었다.

'나를 시험해 보려는 것일까, 아니면 정말로 나를 용서할 수가 없는 것일까? 왜 마음을 솔직하게 이야기하려고 하질 않을까? 마음이 좀 풀어지기는 한 걸까? 아직까지도 화가 많이 나 있는 것일까?'

아무리 생각해 보아도 해답을 얻을 수가 없었다. 다만 한 가지, 카츄사가 전과는 달라졌다는 것이다. 그리고 그녀의 마음 안에서 중요한 변화가 일어나고 있다는 사실만은 확실했다. 그 변화의 조짐이 네플류도프에게 새로운 기쁨과 용기를 주었다.

밤이 되어 혼자 있게 되자, 카츄사는 네플류도프에게 받은 사진을 꺼내 들었다. 옛 주인들의 얼굴이며 대학생 시절의 네플류도프, 그리고 앳된 소녀 시절의 자신의 모습을 들여다보고 또 들여다보았다.

그녀는 동료 간호사가 들어오는 것도 모르고 있었다.

"무슨 사진을 그렇게 열심히 보고 있니?"

덩치 좋고 그만큼 사람도 좋은 간호사가 사진 속의 카츄사를 가리켰다.

"이게 누구야? 이게 예전의 너니?"

카츄사는 잠자코 고개를 끄덕였다.

"야, 몰라보겠네. 지금과 너무 딴판이야. 앳되고 귀엽고……. 참, 여기 이 사람은 널 열심히 찾아온다는 그 남자니?"

“응, 네플류도프란 분이야. 하지만 이젠 오래된 이야기야, 십
년도 더 넘은……."

카츄사의 얼굴에서 밝은 빛이 사라지는가 싶더니, 금세 우울하
고 어두운 표정이 되었다.

“아! 그때 난 행복했는데……."

카츄사는 혼잣말을 중얼거렸다. 카츄사의 눈빛이 아련해졌다.

‘아니, 지금부터라도 내가 마음만 먹으면 네플류도프와 다시
행복해질 수 있어. 그는 날 간절히 원하고 있거든……."

그러나 자신의 처지를 생각하면 곧 그런 희망이 사라졌다.

‘그분은 공작, 그러나 난 천한 하인 출신에다 술집에서 굴러먹
었고, 또 살인죄까지 뒤집어쓰고 있어. 그 사람은 자기의 정신적
만족을 위해 날 도구로 이용하고 있는 거야.'

카츄사는 남몰래 소리 죽여 울었다.

우울한 소식

네플류도프는 페테르부르크로 향했다. 네플류도프가 그곳에서 처리해야 할 일은 세 가지였다. 하나는 원로원에 가서 카츄사의 상소장을 내는 것이었고, 두 번째는 메니쇼프 모자의 청원서를 제출해야 하는 일이었다. 그리고 마지막으로, 베라에게 부탁받은 슈스토바의 석방 요청과 정치범 구르게비치에 대한 부모의 면회 허락 요청이었다.

페테르부르크에 도착한 네플류도프는 이모 댁을 찾아갔다. 이모부는 예전에 장관을 지낸 백작이었다.

네플류도프는 귀족 사회에 대한 환멸을 느끼고 있었지만 이모 댁을 두고 호텔에 묵을 수는 없는 일이었다.

"네플류도프, 너에 대해 이상한 소문이 들리던데 어떻게 된 일이니?"

이모가 커피를 권하며 물었다.

"이상한 소문이라니요?"

"네가 감옥을 찾아다니며 죄수들을 도와주고, 법 제도를 개혁하려고 한다고들 하던데?"

"아니에요, 이모님. 그런 게 아니고……."

"그럼 뭔데?"

네플류도프는 카츄사와의 과거 일을 모두 털어놓았다.

"저는 다만, 그 여자를 도와주고 싶을 뿐이에요. 그 여자는 아무 죄도 없이 유죄 판결을 받았거든요."

"그게 네 잘못은 아니잖니?"

"그렇지 않아요. 카츄사의 운명을 그렇게 만든 것은 순전히 제 탓이라는 걸 부인할 수 없어요. 전 그 여자를 위해서라면 어떤 일이든 힘닿는 데까지 돕는 것이 제 의무라고 여기고 있어요."

"그런데 네플류도프, 네가 그 여자에게 청혼을 했다는 것은 무슨 말이니?"

"저 때문에 그렇게 되었으니 제가 책임을 져야 한다고 생각해요. 그런데 카츄사가 거절을 해요."

이모는 어처구니가 없다는 듯 헛웃음을 쳤다.

"그 여자가 너보다 현명하구나. 말도 안 돼. 귀족인 네가 그런 여자와 어떻게 결혼을 한단 말이니?"

이모는 천부당만부당하다고 길길이 뛰었다.

"고정하세요, 이모님. 그보다 우선 급한 일이 있습니다. 카츄사는 징역형을 선고받았어요. 제가 여기 온 목적은 그 판결을 뒤엎기 위해서예요. 그래서 이모님께 부탁을 드렸으면 합니다."

"그 여자의 사건을 맡고 있는 곳이 어디지?"

"원로원이요."

"그래? 거기라면 사촌동생이 일하고 있지. 이모부가 돌아오시면 말씀드려 보도록 하자."

마음씨 좋은 이모는 가까스로 이모부를 설득하여 많은 도움을 주었다.

이모부와 이모의 소개장을 받은 네플류도프는 페테르부르크의 귀족과 고관들을 만나러 다녔다. 그러나 귀족 사회의 그들은 한 술집 여인에게 내려진 부당한 판결을 바로잡으려는 네플류도프의 노력에 냉담했다. 전혀 관심을 보이지 않는 것이었다.

결국, 며칠 뒤에 열린 원로원의 법정은 카츄사 사건에 대한 상고를 기각했다. 상고의 이유가 빈약하다는 것이었지만, 사실은 네플류도프가 도덕적인 이유로 한낱 술집 여인과 결혼을 하려 한다는 것에 대한 재판관들의 반감 때문이었다.

상고는 기각되고 카츄사의 징역은 확정이 되었다. 네플류도프는 실망에 잠긴 채 모스크바로 돌아와야 했다. 그래도 불행 중 다행인 것은 베라가 부탁한 슈스토바의 석방이 성사된 것이었다.

그러나 정치범 구르게비치에게 부모의 면회를 허락하는 일과 책을 넣어 주는 일은 거절당했다. 정치범에게 공부를 하게 내버려 두면 새로 배운 지식으로 다른 죄수들을 선동한다는 것이 그 이유였다.

모스크바로 돌아온 네플류도프는 우선 형무소의 병원으로 갔다. 원로원에서 상고가 기각되었기 때문에 시베리아 유형 길에 오를 준비를 해야 한다는 우울한 소식을 카츄사에게 전하기 위해서였다.

그리고 변호사가 작성해 준 황제에게 보낼 탄원서에 카츄사의 서명을 받을 목적도 있었지만, 네플류도프는 그것에 큰 기대를 걸지 않았다. 그는 지금 시베리아로 떠날 생각과 그곳에서의 생활만을 생각하고 있었다.

네플류도프는 미국의 작가 도로의 말을 떠올렸다.

'노예 제도가 법률로 정해져 있는 국가에서, 성실한 시민으로

사는 데 알맞은 유일의 장소는 감옥이다.'

그래서 그는 이런 생각을 했다.

'지금 러시아에서 정직한 사람이 살기에 가장 알맞은 곳은 오직 감옥밖에 없다!'

이런 생각은 형무소의 건물 안으로 들어서면서 더욱 강해졌다.

"네플류도프 공작님이시죠?"

병원 수위가 그를 아는 체했다. 그러면서 카츄사 이야기를 먼저 꺼냈다.

"카츄사는 지금 여기에 없습니다."

"그래요? 그럼, 어디에 있지요?"

"다시 감옥으로 돌아갔습니다."

"아니, 왜 돌아간 거죠?"

수위는 잠시 머뭇거리다가 말했다.

"그 여자는 병원 조수를 유혹하여 볼썽사나운 짓을 하다가 원장님께 들켜 쫓겨났습니다. 그런 여자들이란 도무지 믿을 수가 없지요."

"그게 사실입니까?"

네플류도프는 머리를 강하게 얻어맞은 것 같은 충격을 느꼈다. 우선 부끄럽고 수치스러웠다.

'사람들이 이런 사실을 알면 날 얼마나 경멸할 것인가. 난 카츄사가 달라지고 있다고 생각했는데…….'

정말이었다. 네플류도프는 카츄사의 정신세계가 변화하고 있다고 여겨서 마음속으로 기뻐했던 것이다. 그런데 수위의 말을 듣고 나니 심한 배신감을 느끼지 않을 수 없었다.

'난 그녀가 나의 희생을 원치 않는 것으로 알았다. 그렇다면 지금까지 그녀가 나에게 보여 준 눈물이나 모든 것들이 다 나를 속이기 위한 수단이었단 말인가.'

네플류도프는 어두운 마음으로 병원을 나왔다.

'이제부터 난 어떻게 하지? 그녀가 아직도 그런 짓을 하고 있다면 이젠 인연을 끊어도 좋지 않을까?'

그러나 순간 한 생각이 머릿속을 스쳐 갔다. 역시 카츄사에 관한 생각이었다.

'그녀에게 죄를 지은 사람은 바로 나. 그러므로 벌을 받을 사람은 그녀가 아니라 바로 나야.'

이런 생각은 그를 다시 감옥의 카츄사를 찾아가게 했다.

"나쁜 소식을 갖고 왔소."

네플류도프의 목소리는 떨렸다.

"원로원에서 상고가 기각되었소."

"그럴 줄 알고 있었어요."

카츄사의 눈에는 눈물이 가득 괴어 있었다.

"그렇다고 너무 실망할 것은 없소. 당장 황제 폐하께 탄원서를 올릴 테니까."

"저는 그런 걸 바라지 않아요. 그보다 병원에 갔다가 제 이야기를 들었겠군요."

"그게 어떻단 말이오?"

네플류도프는 퉁명스럽게 말했다.

"자, 이 탄원서에 서명을 하시오."

카츄사는 마지못해 탄원서에 서명했다. 그러고는 테이블에 엎드려 흐느꼈다. 그런 모습을 보자 네플류도프는 다시 동정심이 일었다.

"결과야 어떻든, 또 당신에게 어떤 일이 있었든 내 결심은 변하지 않을 거요. 나는 내가 한 말에 책임을 질 것이오. 또한 당신이 어디로 유형을 가든 나는 끝까지 따라갈 것이오."

"쓸데없는 짓이에요. 그럴 필요 없어요."

"이미 결정된 일이오. 그러니 유형 길에 필요한 물품들이나 생각해 봐요."

"유형을 가는데 무엇이 필요하겠어요? 그렇지만 정말 고맙다는 말은 하고 싶군요."

네플류도프는 카츄사와 작별하고 밖으로 나왔다. 그는 마음속으로 생각했다.

'카츄사가 무슨 짓을 하더라도, 그것이 그녀에 대한 내 마음과 결심을 바꿀 수는 없다. 그녀가 병원에서 무슨 짓을 저질렀든, 그것은 그녀의 자유이다. 내가 그녀를 사랑하는 것은 내가 그녀의 사랑을 받고 싶어서가 아니라, 그녀를 위해서이고 또 신을 위해서이다.'

이런 깨달음은 네플류도프의 마음을 기쁘게 해 주었다.

사랑하는 마음은

네플류도프와 헤어져 감방으로 돌아온 카츄사는 마음이 착잡하고 슬펐다.

'이제 그분은 날 아주 경멸하겠지?'

생각할수록 마음이 아팠다. 카츄사가 병원 조수를 유혹하여 바람을 피웠다는 말은 사실이 아니었다. 그녀가 병원 보조원으로 들어갔을 때 우스티노프라는 조수가 있었는데, 그는 카츄사의 아름다움에 반해 버렸다. 그래서 카츄사 뒤를 따라다니며 추근대며 괴롭혔던 것이다.

그날도 모든 일의 원인은 우스티노프에게 있었다. 카츄사는 병원 원장의 심부름으로 약품실로 약을 가지러 갔다. 그런데 미리 그곳에 와서 카츄사를 기다리고 있던 우스티노프가 갑자기 그녀를 껴안았다.

"왜 이래요? 놓지 못해요!"

카츄사는 그를 힘껏 밀어 버렸다.

"앗!"

우스티노프는 약상자 위로 넘어지면서 비명을 질렀다.

약상자 안에 있던 약병들이 바닥에 떨어져 깨지면서 요란한 소리가 났다.

그때 마침 지나가던 원장이 무슨 일인가 싶어서 약품실 안을 들여다보았다.

"이게 무슨 짓이야?"

원장이 두 사람을 번갈아 보며 물었다.

"죄송합니다. 하지만 제 잘못이 아닙니다, 원장님. 저 여자가 저를 유혹하는 바람에……."

우스티노프는 모든 죄를 카츄사에게 뒤집어씌웠다.

"뭐라고요? 그, 그게 아니에요……."

카츄사는 억울한 얼굴로 원장을 바라보았다. 하지만 원장은 더 이상 카츄사의 말을 들으려 하지 않았다.

"저런 여자를 받아들이는 게 아니었는데. 다른 사람으로 바꾸어야겠어."

원장은 그길로 카츄사를 쫓아내 버렸다.

이것이 전부였다. 카츄사는 우스티노프를 좋아하지도 않았고 유혹하지도 않았으며, 그저 자신을 지켰을 뿐이었다.

카츄사는 이런 사실을 네플류도프에게 말하고 싶었다. 그러나 그가 믿어 줄 것 같지가 않았고, 억울한 마음에 자꾸만 눈물이 나와 그냥 잠자코 있었던 것이다.

카츄사는 네플류도프가 두 번째 면회를 왔을 때만 해도 언제까지나 그를 용서하지 않고 증오하려고 했다. 끊임없이 자신에게 그렇게 다짐했다.

그러나 카츄사의 마음 안에서는 이미 그를 다시 사랑하고 있었으며, 그래서 자기도 모르는 사이에 예전의 순진한 마음으로 돌아가려고 노력하고 있었다. 술과 담배를 끊고, 병원에서 성실하게 보조원 노릇을 했다. 왜냐하면 네플류도프가 그렇게 생활하기를 원한다는 것을 알았기 때문이다.

네플류도프가 청혼을 했을 때, 카츄사는 당장 그렇게 하고 싶었다. 그러나 카츄사는 그 결혼이 네플류도프를 불행하게 할 뿐이라는 것을 잘 알고 있었다.

'그는 젊은 시절 저지른 죄 때문에 이제 와 자신을 희생하려고

하고 있어.'

카츄사는 생각했다.

'어떤 일이 있어도 그분의 희생을 받아들여서는 안 돼. 그는 이미 충분히 스스로 벌을 받았고, 또 그분에게는 그분 나름의 삶이

있어. 난 다만 그분이 날 경멸하지 않고, 오래전 서로 사랑할 때의 카츄사라는 소녀로 기억해 주기만 바랄 뿐이야. 그런데 이젠 그것이…….'

카츄사는 자신의 마음 안에서 일어나고 있는 변화를 네플류도프가 알아주지 않을 것 같아서 몹시 괴로웠다.

'난 그분이 바라는 사람으로 거듭나고 싶은데…….'

생각할수록 병원에서의 소문이 억울했다. 그것은 카츄사에게 징역으로 판결이 확정되었다는 사실보다도 훨씬 더 괴로운 일이었다.

남을 위한 삶의 기쁨

네플류도프는 카츄사가 첫 번째 죄수대에 섞여 시베리아로 이송될 가능성이 높다는 정보를 알아냈다. 그는 즉시 떠날 준비를 했다. 이것저것 할 일이 매우 많았다. 손이 열 개라도 부족할 것 같았고, 시간이 늘 부족했지만 짜증이 나지는 않았다.

이상한 일이었다. 전에는 모든 일이 자기 자신을 위하는 것이었는데도 싫증이 났었다. 그러나 지금은 모두 남을 위하는 일이었지만 조금도 싫지가 않았다. 뿐만 아니라, 남을 위해 하는 일들이 그에게 커다란 기쁨을 가져다 주었다.

요즘 네플류도프가 하려는 일은 크게 보면 세 가지로 나눌 수 있었다.

그 하나는 카츄사를 돕는 일이었다.

이것은 황제에게 청원하기 위한 수속을 밟는 일과 카츄사를 따라 시베리아로 출발하기 위한 준비를 하는 것이었다.

둘째는 토지 정리 문제였다.

네플류도프는 가능한 한 낮은 소작료로 농민들에게 땅을 나누어 주고 싶었다. 그러나 시베리아로 가서 생활하려면 비용이 어느 정도 소요될지 알 수가 없었다. 그래서 소작료를 얼마나 더 낮출지 아직 결정을 하지 못하고 있었다.

마지막으로는 억울한 죄수들을 돕는 일이었다.

그 무렵, 네플류도프에게는 소문을 듣고 도움을 청하는 죄수들이 엄청나게 많아졌다. 그는 억울한 죄수들을 돕기 위해 이리 뛰고 저리 뛰었지만, 자꾸만 불어나는 죄수들을 모두 도와주기란 불가능한 일이었다. 그래서 그는 새로운 일 하나를 더 만들어 냈다. 그것은 억울한 희생자를 대량으로 만들어 내는 형사 재판이란 제도의 유래와 모순을 밝혀 내는 일이었다.

네플류도프는 많은 사람들을 만나 보고, 책을 뒤지기도 했다. 그러나 어디에서도 인간이 다른 인간을 감금하고, 추방시키기도 하며, 학대하며 죽이기까지 할 수 있다는 권리를 가졌다는 것을 발견할 수는 없었다.

카츄사가 소속된 죄수 이송대는 7월 5일에 출발하기로 결정이 되었다.

네플류도프는 그녀와 함께 출발하려고 여러 가지 준비를 했다. 출발하기 전날 밤, 네플류도프의 누나와 매형이 그를 찾아왔다.

"누나, 웬일이세요? 얼굴이 아주 좋아 보이네요."

누나는 만족스러운 듯 미소를 지었다.

"넌 비쩍 말랐는걸. 왜 이런 고생을 사서 하는 거니? 크고 좋은 집을 두고 왜 이런 데서 고생을 하느냔 말이다."

누나는 네플류도프보다 열 살이나 더 많았다. 그녀는 동생이 몹시 안타까운 모양이었다.

"제겐 이제 큰 집이 필요 없어요. 너무 커서 혼자 살기도 쓸쓸하고……. 앞으로도 전혀 필요가 없으니, 가구를 포함해서 필요하신 것이 있으면 누나가 다 가져가세요."

"고맙구나."

누나는 결심한 듯이 네플류도프를 바라보며 어렵사리 말을 꺼냈다.

"그런데 난 네 소식을 이미 들어서 네가 무슨 일을 하는지 모조리 알고 있다."

"다행이네요. 다시 설명할 필요가 없으니까요."

네플류도프는 가만히 미소를 지었다. 그는 누나가 무슨 말을 할지 다 알고 있었다. 그러나 누나는 결코 그의 마음을 돌려놓을 수 없을 것이었다.

"네플류도프, 너는 그런 험한 생활을 했던 여자가 마음을 돌릴 수 있다고 생각하니?"

"누나, 분명하게 말할게요. 저는 그 여자의 마음을 돌리려는 것이 아니라, 바로 제 마음을 고치고 싶어서 이러는 겁니다."

누나는 한숨을 쉬었다.

"네 마음을 왜? 너는 정직하고 선량한 사람이잖니? 장래가 보장되어 있는……."

"아니에요. 저는 위선자예요. 누나, 귀족들이 호화롭고 사치스런 생활을 하고 있는 동안 굶주림에 허덕이고 있는 사람들이 얼마나 많은 줄 아세요? 또 죄 없이 억울하게 학대를 받고 있는 사람들은 또 얼마나 많고요……. 카츄사도 억울한 옥살이를 하고 있어요. 그 원인이 저에게 있다는 것도 누나는 알고 있겠네요?"

"그렇지만 네플류도프, 그렇다고 그 여자와 결혼까지 할 필요는 없잖니?"

"카츄사를 끝까지 책임지기 위해서는 그 방법밖에 없어요."

누나가 한숨을 내쉬며 말을 이었다.

"그런다고 네가 행복해지지는 않을 거야."

"알아요. 그러나 문제는 제 행복에 있는 게 아니에요. 제가 구하려는 건 제가 아니라 카츄사예요. 지금까지 저는 저만을 위해 살아왔지만, 이젠 나 아닌 다른 사람을 위해 살아가려고 해요."

"나는 아무래도 이해가 되지 않는구나."

누나는 연거푸 깊은 한숨을 내쉬었다. 그때 잠깐 나갔던 매형이 돌아왔다.

"그래, 처남의 계획이라는 게 뭔가?"

매형의 얼굴에도 네플류도프가 안타깝다는 표정이 뚜렷했다.

"죄수 이송대를 따라 시베리아로 가려고 합니다. 그 죄수들 속에 제가 지은 죄 때문에 억울하게 벌을 받는 여자가 있습니다."

"따라가서 어쩌려고?"

"따라가서, 그녀가 원한다면 결혼을 할 생각입니다."

매형의 얼굴에 경악의 빛이 떠올랐다.

"왜 자네가 그런 죄수와 결혼을 해? 처남, 왜 그런 극단적인 결심을 하게 되었나?"

"죄는 제가 지었는데, 벌은 그 여자가 받고 있기 때문입니다."

"무슨 소리! 만일 그 여자가 벌을 받고 있다면 틀림없이 그녀도 죄를 지었을 거야. 법이 있고, 재판이 있지 않은가."

매형의 말에 네플류도프는 화가 났다.

"카츄사는 결백합니다."

네플류도프는 흥분하여 사건의 발단에서부터 결말에 이르기까지를 매형에게 자세히 이야기했다.

"그렇다면 재판장의 착오로군. 배심원들의 회신서에도 문제가 있었고 말야."

매형은 별 흥미가 없다는 표정으로 말했다.

"원로원에 상고를 했지만 기각당했습니다."

"상소의 이유가 빈약했나?"

"그런 이유도 있겠지만, 사람들이 남의 불행에 관심이 없기 때문입니다. 저는 재판에서 유죄 판결을 받은 사람들 중 반 이상이 죄 없이 고통을 받고 있다고 믿습니다."

"그건 아주 위험한 생각일세. 처남은 어떻게 그런 생각을 하게 되었나?"

"물론 재판의 착오도 있습니다. 제가 연구한 바에 따르면 이런 경우는 전체의 7퍼센트 정도 됩니다. 두 번째로는 분노에 사로잡히거나 술에 취하는 등의 특수 상황에서 일어난 행위입니다. 이런 경우, 그런 행위를 처벌한 사람들도 같은 상황에 놓이면 똑같은 행위를 하게 될 것입니다. 이 경우는 전체 범죄자의 반 정도는 될 것입니다."

네플류도프는 그동안 연구한 다섯 가지 유형의 범죄에 대해 설명했다. 그러나 매형은 그의 생각에 적극적인 관심을 보여 주질 않았다.

"이해할 수가 없어. 어찌 그런 생각을…… 설사 이해를 한다고

해도 동의할 수가 없어. 그런 범죄자들이 어떻게 되든 무슨 상관이란 말인가."

"매형 역시 이기적인 인간이군요. 제 문제는 그냥 저에게 맡겨 주십시오."

"내가 이기적인 인간이라고?"

"지금 하신 말씀을 종합해 보면 그렇지 않습니까?"

결국 네플류도프는 매형과 말다툼까지 벌이고 말았다. 그리고 서로 좋지 않은 감정으로 헤어졌다.

잘 있거라, 낡은 생활이여

카츄사가 속해 있는 죄수들의 이송대는 오후 3시에 떠나기로
되어 있었다.

'함께 가려면 12시 전에 나가야겠군.'

네플류도프는 물품과 서류를 정리하다가 최근에 쓴 일기를 발
견했다. 그는 담담한 마음으로 그 일기들을 읽어 보았다. 페테르
부르크로 떠나기 전에 쓴 내용이었다.

카츄사는 나의 희생을 받아들이려 하질 않고, 그녀 자신이 희생되
려 한다. 그녀도 이겼고 나도 이겼다. 그녀의 마음속에서 어떤 변화
가 조금씩 일어나고 있는 것 같아서 기쁘다.

확실히 장담하기 어렵지만 그녀는 다시 태어나고 있다.

오늘은 심한 괴로움과 커다란 기쁨을 동시에 경험했다.

오늘 그녀가 병원에서 난잡한 짓을 했다는 말을 들었다. 그 말을 듣는 순간 무어라 말할 수 없는 고뇌를 느꼈다. 그래서 그녀와 이야기하는 동안 환멸과 증오를 느꼈다.

그러나 문득 내가 그녀에게 지은 죄를 생각하자 나 자신이 비열하다는 깨우침과 함께 그녀가 가엾어져 마음이 누그러졌다. 우리 모두가 자기 자신이 보잘것없는 존재라는 사실을 깨달으면 인간은 모두가 선량하게 살아갈 수 있을 것이다.

누나 내외가 찾아왔다.

나는 내 감정을 억제하지 못하고 누나와 매형의 마음을 아프게 했다. 그러나 이미 지난 일, 이젠 어쩔 수가 없다.

내일부터 나에게는 새로운 생활이 시작된다. 나를 버리고 남을 위하는 새로운 생활.

잘 있거라, 낡은 생활이여!

7월의 태양은 가마솥 같은 열기를 확확 뿜어 댔다. 가만히 서 있어도 온몸에 땀이 줄줄 흘러내렸다.

이송될 죄수의 수는 남자가 623명, 여자가 64명이었다. 죄수들은 불볕 더위 속에서 벌써 세 시간째 줄을 서서 자기 차례를 기다리고 있었다.

죄수들의 수를 세는 작업은 되풀이되고 또 되풀이되었다. 한 명만 차이가 나도 처음부터 다시 세는 것이었다. 이러는 동안 죄수들은 지칠 대로 지쳐서 숨을 헐떡였다.

이윽고 소름끼치는 소리와 함께 문이 열리고, 죄수들이 한 명씩 모습을 드러내기 시작했다. 밖에서 애타게 기다리던 가족들이 우르르 몰려들었지만, 총을 멘 호송병들에 의해 여지없이 제지당했다.

맨 먼저 나온 것은 쇠고랑을 찬 남자 죄수들이었다. 뒤이어 두 사람씩 수갑으로 묶인 유형수들이 나왔다. 카츄샤는 마지막으로 모습을 드러낸 여자 죄수들 사이에 있었다.

간수들은 형무소 문밖에서 다시 한 번 인원 점검을 한 다음 출발 명령을 했다.

죄수의 행렬은 무척 길었다. 환자와 노약자들은 짐마차에 태워졌지만, 나머지는 무거운 쇠고랑을 질질 끌며 걸음을 옮길 수밖에 없었다. 그들은 마치 아무런 희망도 없는 허수아비 같았다.

짐마차가 움직이면서 죄수들이 출발하자 네플류도프는 기다리고 있던 마차에 올랐다.

"서둘러 앞쪽으로 가 주시오."

"알겠습니다."

마음이 급했다. 1초라도 빨리 카츄사를 만나고 싶었다. 꼼꼼하게 챙겨서 보낸, 시베리아에서 사용할 물건들을 제대로 받았는지도 궁금했다.

더위는 갈수록 점점 더 심해졌다.

총을 멘 호송병들에게 에워싸여 있는데다가, 모두가 똑같은 회색 옷을 입고 있었기 때문에 죄수들은 모두 인간이라기보다는 엄청난 덩치의 괴물처럼 보였다.

네플류도프는 행렬 속에서 카츄사를 발견했다. 페도사라는 여죄수와 나란히 걷고 있었다.

네플류도프는 마차에서 내려 카츄사에게 다가갔다. 그러자 총을 멘 호송원 하나가 득달같이 달려와 가로막으며 큰 소리로 호통을 쳤다.

"당신 왜 이래? 이송 중인 죄수는 만날 수가 없어. 법으로 금지되어 있다는 것을 몰라?"

"미안합니다."

하지만 그는 곧 상대가 네플류도프 공작이라는 것을 알고는 당혹스러운 표정을 지으며 거수 경례를 붙였다.

"죄송합니다만, 여기서는 안 됩니다. 정거장에 도착하면 시간을 드리겠습니다."

네플류도프는 어쩔 수 없이 마차를 타지 않은 채 잠시 동안 죄수들의 행렬을 따라 걸었다. 길가에는 수많은 사람들이 나와서 이 놀라운 광경을 바라보고 있었다.

네플류도프는 죄수들과 보조를 맞추어 빠르게 걸었다. 얇은 옷을 입었지만 너무 더웠고, 먼지가 자욱한 공기와 열기 때문에 숨이 턱턱 막혔다.

'아아, 지옥이 따로 없구나!'

내리막길 중간쯤에 이르렀을 때였다. 길 가운데 모인 많은 사람들이 웅성거렸다. 그 사이로 총을 멘 호송병들이 바쁘게 움직였다.

"무슨 일입니까?"

네플류도프가 구경꾼 한 사람에게 물었다.

"죄수가 쓰러졌어요."

"그래요?"

네플류도프는 둘러선 사람들을 헤치고 다가가 보았다. 한길 옆

비탈길에 나이가 지긋해 보이는 죄수 한 명이 쓰러진 채 숨을 헐떡이고 있었다.

"감옥 안에서 제대로 먹지 못해 몸이 너무 허약해진 거예요. 그런데 갑자기 이렇게 뜨거운 데로 끌고 나왔으니 일사병에 걸릴 수밖에……."

구경꾼 한 사람이 말했다.

"이 일을 어떡해. 곧 죽을 것 같아요."

양산을 든 할머니가 울상을 지었다.

"제 마차에 싣고 가지요. 비용은 제가 대겠습니다."

네플류도프는 자기가 부른 마차에 죄수를 태우고 경관과 함께 병원으로 갔다. 그러나 그 죄수는 병원에 도착하기도 전에 숨을 거두고 말았다.

그 사이에 또 한 사람의 죽은 죄수가 병원으로 실려 왔다.

시베리아로

네플류도프가 정거장에 도착했을 때, 죄수들은 이미 모두 열차에 타고 난 뒤였다. 열차의 차창마다 쇠창살로 가로막혀 있었다.

플랫폼에는 수많은 전송객들로 인산인해를 이루었다. 하지만 열차에 접근하는 것이 금지되어 있었기 때문에 발만 동동거릴 뿐 아무도 다가설 수 없었다.

호송병들이 부산하게 움직였다. 그들의 얼굴은 한결같이 긴장되어 있었다. 형무소에서 역까지 이송하는 동안 다섯 명이나 되는 죄수가 일사병으로 쓰러져 죽었기 때문이다.

그러나 그들이 긴장하는 것은 결코 죄수들의 죽음 때문이 아니었다. 죽은 죄수들에 대한 서류 작성이나 조사 기관에 인도해야 하는 일들이 귀찮을 뿐이었다.

호송병들은 신경이 몹시 날카로워져 있어서 면회 나온 모든 사람들을 열차에 접근시키지 않았다.

그러나 네플류도프는 예외였다. 네플류도프는 재빨리 호송 하사관에게 돈을 건네주고 열차에 접근하는 것을 허락받은 것이었다. 정말 다행이었다.

열차는 칸마다 죄수들로 득시글거리고 있었다. 네플류도프는 여자 죄수들이 탄 칸의 차창가로 달려갔다. 반대편 창가에 앉아 있는 카츄사의 모습이 보였다.

"네플류도프 공작님이야!"

페도사가 알려 주자 카츄사는 자리에서 일어나 네플류도프가 서 있는 창가로 다가왔다.

"정말로 오셨네요. 날씨가 무척 덥죠?"

카츄사의 얼굴에 기쁜 빛이 스쳐 갔다.

"보낸 물건은 받았소?"

"네, 받았어요. 고마워요."

"또 필요한 것은 없소?"

"네, 별로……. 정말 고마워요."

카츄사가 모처럼 부드러운 목소리로 말했다. 그때, 맞은편에서 페도사가 외쳤다.

"물, 물!"

그러자 카츄사는 미소를 살짝 지으며 말했다.

"물이 좀 있으면 좋겠어요."

"호송병에게 부탁을 해 놓겠소. 이제부터 니지니에 갈 때까진
만날 수가 없을 거요."

"그럼 당신은……."

카츄사가 눈을 커다랗게 떴다. 그녀의 눈 속에는 놀라움과 기
쁨의 빛이 함께 섞여 있었다.

네플류도프는 그것을 똑똑히 보았다.

"다음 기차로 갈 거요."

"……."

카츄사는 말없이 한숨만 포옥 내쉬었다.

"선생님!"

한 여자 죄수가 네플류도프를 불러서 물었다.

"더위 때문에 죄수들이 열둘이나 죽었다는 말이 사실인가요?"

"열두 명이란 말은 듣지 못했고, 내가 직접 본 것은 두 사람이
었소."

네플류도프가 대답했다.

"다들 열두 명이라고 말하던데……. 짐승 같은 놈들! 그런 짓을
저지르고도 벌을 받지 않을까요?"

네플류도프는 대답하기가 곤란하여 얼른 화제를 바꾸었다.

"여자분들 중에는 환자가 생기지 않았나요?"

"원래 여자들이 더 강하죠."

한 여자가 신음 소리가 들리는 곳을 가리키며 말했다.

"그런데 어떤 젊은 여자가 아기를 낳으려고 진통을 하기 시작
했어요."

"그렇다면 큰일이군요."

정말이었다. 한쪽 구석에 한 여인이 쓰러져 고통스러워하고 있었다. 여인은 통증을 견디지 못해 계속 소리를 지르고 있었지만 도와줄 방법이 없었다.

그때 잠자코 있던 카츄사가 입을 열었다.

"필요한 걸 말하라고 하셨죠? 아기 낳을 여자를 여기 내려놓을 수는 없을까요? 저렇게 힘들어 하고 있잖아요. 호송 장교에게 말씀 좀 드려 주셨으면……."

"담당자에게 부탁해 보겠소."

"그리고 또 하나, 여기 페도사에게 남편을 만날 수 있게 해 주세요. 타라스예요. 저 여자 남편도 당신처럼 뒤따라올 거예요."

"그렇게 해 보겠소."

"고마워요."

네플류도프는 서둘러 호송 장교를 찾았다. 그때 이미 출발을 알리는 두 번째 벨 소리가 들려왔다.

"무슨 일입니까?"

호송 장교는 네플류도프가 달갑지 않은 눈치였다.

"저쪽 여자 죄수들 칸에 해산하려는 여자가 있습니다. 그 여자를 여기 내려놓는 게 좋겠습니다."

"걱정하지 마십시오. 어떻게 될 겁니다."

"임산부가 안전하게 아이를 낳을 수 있을까요?"

"글쎄, 걱정하실 필요 없다니까요."

"……!"

장교는 귀찮다는 듯이 얼른 자기 차량에 올라탔다.

곧 세 번째의 벨이 울리고 기차가 서서히 움직이기 시작했다. 네플류도프는 페도사의 남편 타라스와 함께 플랫폼에 서서, 눈앞으로 지나가는 쇠창살 기차를 전송하며 눈인사를 했다.

카츄사는 다른 죄수들과 함께 창가에 서서 네플류도프를 보며 서글픈 미소를 보냈다.

그로부터 두 시간 뒤에 네플류도프는 카츄사의 뒤를 따라가는 열차의 3등칸에 타라스와 함께 탔다.

네플류도프는 출발 전에 역 대합실로 찾아온 코르차킨 공작과 그의 딸 미시, 그리고 누나를 만나 뒷일을 깔끔하게 정리해 달라고 부탁했다.

열차의 3등칸은 무덥고 악취가 코를 찔렀다.

'이것은 살인이야.'

네플류도프는 일사병으로 죽은 죄수들을 생각했다.

'이런 무더운 날씨에 끌고 가지만 않았다면, 그들은 죽지 않았

을 텐데⋯⋯.'

그러고 보면 귀족들이나 관리들은 한결같이 죄인들이라는 생각이 들었다.

'그들은 겉으로는 선량하게 사는 것 같지만, 자기 직책에 충실하다는 명분으로 온갖 악행을 저지르고 있어. 정말 죄인은 그들이야. 자신이 죄를 저지르고 있다는 사실 자체도 전혀 모르고 있는⋯⋯.'

죄수들 이야기가 나오면 눈살을 찌푸리던 친구 부지사도, 형무소 소장도, 감옥의 간수나 호송 장교들도 모두 똑같은 사람들이었다. 네플류도프는 그동안 만난 사람들 모두가 씻지 못할 죄인이라고 생각했다.

마리아와 시몬손

　카츄사는 다른 죄수들과 함께 모스크바에서 5천 킬로미터나 떨어져 있는 조그만 도시 페르미까지 왔다. 기차와 배로 움직이는 동안 거칠고 난폭한 형사범들 틈에 끼어 있었기 때문에 이만 저만 고생한 게 아니었다.

　결국, 보고두호프스카야의 권유대로 네플류도프가 교섭하여 카츄사는 정치범들의 대열로 옮기게 되었다. 정치범 대열로 옮긴 카츄사는 모든 면에서 편해졌다.

　카츄사는 정치범들과 함께 걸어서 이송되는 동안, 마리아 파블로브나와 시몬손을 알게 되었다.

　어느 이른 아침이었다. 9월이었지만 가끔씩 불어오는 차가운

바람이 눈비를 뿌렸다. 죄수들은 날씨는 전혀 아랑곳하지 않고 지급받은 식비로 식료품을 사고 있었다.

카츄사는 달걀과 롤빵, 생선을 사서 배낭에 넣었다. 그때였다. 호송 장교의 고함 소리와 함께 어린아이의 울음소리가 들렸다. 카츄사와 마리아 파블로브나는 급히 소리나는 곳으로 달려갔다.

한 남자 죄수가 매를 맞고 있었다. 죄수는 매를 맞으면서도 한쪽 팔에 울고 있는 여자아이를 꼬옥 끌어안고 있었다.

"빨리 수갑을 차지 못해!"

"용서해 주세요. 엄마가 죽은 아이라서 제가 안고 가야 합니다. 그런데 수갑을 차면 아이를 안을 수가 없지 않습니까? 그러니 제발……."

"죄수가 수갑을 차는 것은 법이야. 법을 어길 수는 없어. 아이를 다른 데로 보내!"

둘러섰던 죄수들이 수군거렸다.

"가엾은 어린애를 어디로 보내라는 거지?"

"그러게 말이야. 정말 인정머리 없다니까!"

누군가가 도전적인 말을 내뱉었다.

"그 아이는 강아지가 아니라 사람이란 것을 몰라요? 아무리 죄수라고 해도 그렇지, 아비가 아이를 데리고 가겠다는데 너무 한

거 아니오!"

그러자 호송 장교가 화를 버럭 내며 고함쳤다.

"방금 말한 놈이 누구야?"

그러자 한 남자 죄수가 앞으로 나섰다.

"여기 있는 우리 모두가 말했소."

호송 장교는 그 죄수를 후려쳤다.

"모두 다라고? 너희들 총살 당하고 싶은 거야?"

총살이란 말에 죄수들은 잠잠해졌다. 한 호송병이 필사적으로 우는 아이를 떼어 놓자, 다른 호송병이 죄수의 손에다 수갑을 채 웠다.

"이 아이를 여자들 쪽으로 데려가!"

호송 장교가 소리쳤다. 그때 마리아가 앞으로 나섰다.

"장교님, 아이를 제가 데려가도록 해 주십시오."

"넌 누구냐?"

"저는 정치범입니다."

"알아서 해. 그들을 동정하는 것은 좋지만, 만약 도망을 친다면 누가 책임을 지지?"

"애를 두고 어떻게 달아날 수가 있겠어요?"

마리아는 아이를 받아 안으면서 말했다.

"……."

마리아의 말에 호송 장교는 더 이상 아무 말도 하지 못했다.

마리아의 품에 안긴 아이는 아버지한테 가려고 발버둥을 치며 울었다. 마리아는 그런 아이를 달래느라 애를 먹었다.

그것을 보고 카츄사가 빵을 꺼내 보이며 달랬다.

"아가야, 이리 와."

아이는 울음을 그치고 카츄사의 품에 안겼다.

"옳지, 아주 착하구나."

카츄사가 아이의 머리를 쓰다듬으며 말했다.

주위는 잠잠해졌다. 죄수들은 정렬하며 떠날 준비를 했다.

"장교님, 일을 이렇게 처리해도 되는 겁니까?"

줄곧 지켜보고 있던 시몬손이 장교에게 말했다. 그러자 장교는 화를 버럭 냈다.

"네 자리로 가. 네가 나설 자리가 아니야."

"아뇨, 당신은 이 일을 옳지 않게 처리했어요."

시몬손은 짙은 눈썹을 꿈틀거리며 호송 장교를 노려보았다. 순간적으로 멈칫한 장교는 더 이상 시몬손과 상대하지 않고 큰 소리로 외쳤다.

"인원 파악 끝났나? 전원 출발!"

장교의 목소리가 잦아들기도 전에 죄수들은 다시 긴 행렬을 이루며 숲속의 진흙길로 나아가기 시작했다.

카츄사는 정치범들과 함께 움직이는 것이 힘들고 불편했지만 마음만은 편안했다. 특히 마리아를 비롯한 정치범들과의 만남이 세상에 대한 새로운 눈을 뜨게 해 주었다.

카츄사는 정치범들이 자신의 이익을 위해 싸우는 것이 아니라, 민중의 자유와 권리를 위해 희생하고 있다는 것을 깨달았다.

그들은 대부분 귀족 출신이었다. 하지만 민중의 행복을 위해 자기들의 모든 특권을 포기한 사람들이었다.

카츄사는 그들이 옛 동료였던 귀족들과 맞서 싸운다는 것을 알고는 절로 존경심이 생겼다. 카츄사는 특히 마리아 파블로브나를 존경했다.

마리아는 부유한 장군의 딸로 태어났고, 또 대단한 미인이었다. 그리고 세 나라의 언어를 자유롭게 말할 수 있을 만큼 공부를 많이 한 사람이었다. 그러나 그녀는 평범한 노동자처럼 행동했으며, 오빠가 보내 주는 물건들을 모두 다른 죄수들에게 나누어 주었다. 자신은 헌 옷에 낡은 신을 신고 외모에도 신경을 쓰지 않는데, 바로 이 점이 카츄사에게 큰 감동을 주었다. 지금까지의 자신의 생활과 정반대였던 것이다.

마리아는 어린 시절부터 귀족들의 생활을 싫어했으며, 평범한 사람들의 선량한 생활을 동경했기 때문에 그들을 위해 혁명가가 된 사람이었다.

카츄사에게 큰 감명을 준 또 한 사람은 시몬손이었다. 시몬손은 중학생이었을 때, 재무성 관리인 아버지의 재산이 부정한 방법으로 모아진 것이라고 판단했다. 그래서 그 재산을 민중들에게 나누어 주자고 아버지에게 말했다. 그런데 아버지가 그의 말을 들어주지 않고 야단만 치자, 그길로 집을 뛰쳐나와 혁명 운동을 시작했다.

시몬손은 모든 악이 발생하고 있는 까닭을 대다수의 민중이 교육을 받지 못한 탓이라고 생각했다. 그래서 시몬손은 대학을 졸업하자마자 교사가 되어 농촌 생활로 뛰어들었다. 그리고 끊임없이 농촌 계몽 운동을 하다가 체포되어 유형 판결을 받은 것이었다.

카츄사는 마리아와 시몬손의 영향으로 나날이 새로운 사람이 되어 갔다. 그리고 이러한 시간이 쌓여 갈수록 시몬손은 카츄사를 사랑하기 시작했다.

카츄사는 언젠가부터 훌륭한 인품을 지닌 시몬손이 자기를 사랑한다는 것을 눈치챘다. 그 이후로 스스로를 가치 있는 사람이라고 생각하게 되었다.

'네플류도프는 과거의 실수로 지은 자기의 죄를 씻기 위해 나에게 청혼했지만, 시몬손은 지금 있는 그대로의 나를 거짓 없이 사랑하고 있어.'

카츄사는 시몬손을 생각하며 술도 마시지 않았고, 더 이상 함부로 생활하지도 않게 되었다.

시몬손의 사랑

네플류도프는 니지니에서 페르미까지 가는 동안 카츄사를 두 번밖에 만나지 못했다.

그는 멀고 힘든 유형 길에서 그녀를 제대로 도와주지 못해 답답했다. 그렇지만 정치범 쪽으로 옮긴 뒤부터 가끔 만나면 어딘지 변해 가고 있다는 것을 느끼면서 마음을 놓을 수 있었다.

카츄사는 말씨와 태도가 한결 정숙해졌고, 생활이 눈에 띄게 건실해져서 예전 소녀 시절의 모습을 되찾은 것 같았다. 그녀의 이런 변화를 네플류도프는 기쁜 마음으로 바라보았다.

마음의 변화가 일어난 것은 네플류도프 또한 마찬가지였다. 그는 카츄사가 정치범들 쪽으로 옮겨진 뒤부터 여러 정치범을 만나게 되었다. 그들을 직접 대해 보고 나자, 지금까지 자기가 가지고 있던 생각들이 잘못되었다는 것을 깨달았다.

네플류도프는 러시아에 혁명 운동이 시작된 이후 혁명당 사람들을 못마땅하게 여기고 있었다. 폭력으로 정부를 무너뜨리려 하는 것이 싫었고, 자기들만이 최고라는 그들의 독선적인 생각이 못마땅했던 것이다.

그러나 자세히 들여다보니 그것이 아니었다. 정치범들은 대부분 아무런 죄도 없이 정부로부터 박해를 받고 있었으며, 그러니 정부에 대항하는 것은 당연한 일이라는 생각이 들었다.

네플류도프는 카츄사에 대해서도 전에 느껴 보지 못한 새로운 감정을 느끼고 있었다. 그것은 최초의 순수했던 연애 감정도 아니었고, 속죄에 대한 의무감도 아니었다. 모든 것이 새롭게 시작되는 애틋하고 사랑스런 느낌, 바로 그것이었다. 이 감정은 카츄사에게서만 끝나는 것이 아니라, 다른 모든 사람들에게도 마찬가지로 나타났다.

네플류도프가 만난 정치범들 중에서 특히 마음을 끄는 사람은 크르일리초프였다. 그는 폐병을 앓고 있었다.

"저는 엉뚱하게 혁명가가 되었어요."

크르일리초프는 남부 러시아의 부유한 지주 집안에서 태어났

다. 아버지가 일찍 돌아가시는 바람에 홀어머니 밑에서 자랐으며, 대학에서 수학과를 수석으로 졸업한 수재였다.

"저는 애인과 결혼한 뒤 지방자치 단체에서 일하려고 했습니다. 그런데 그 무렵 대학 동창들이 공동 사업을 위해 사용할 기부금을 내 달라고 하는 거예요. 공동 사업이라는 게 혁명 운동이라는 것을 알고 있었거든요."

크르일리초프는 당시 혁명 사업에 그다지 관심이 없었다. 하지만 친구와 동창들의 비난을 받는 것이 싫어서 기부금을 냈다. 그리고 그 사실이 발각되어 감옥 생활을 하게 된 것이었다.

"감옥 생활을 하는 동안 옆방 죄수 두 명과 알게 되었어요. 폴란드 독립 운동을 하다가 붙잡혀 온 사람들인데, 로젠스키라는 폴란드 사람과 로조프스키라는 어린 유대인 소년이었지요. 열다섯 살도 안 될 것 같은……. 그들은 누구를 해친 것도 아니고, 단지 도망치다가 붙잡혀 왔어요. 그런데 재판에서 무슨 판결을 받았는지 아세요? 놀랍게도 사형이에요."

크르일리초프는 두 사람에게 교수형이 집행된 것을 알고는 그때부터 혁명가가 되었다.

"저는 폐병이 심해져서 얼마 살지 못합니다. 그래도 전혀 후회하지 않아요."

네플류도프는 크르일리초프를 통해서 지난날에는 이해할 수 없었던 일들을 이해할 수 있게 되었다.

죄수대가 어느 마을의 숙영지에 머물게 되었다. 네플류도프는 카츄사의 면회를 신청하여 허가를 받았다.

죄수용 건물의 문을 열자 쇠사슬 소리와 악취가 지독했다. 원래 150명이 사용하도록 지어진 건물인데 무려 450명을 수용하고 있었으니, 당연히 복도까지 죄수들이 가득 찰 수밖에 없었다.

"정말 끔찍하군."

네플류도프는 정치범들의 방으로 가려고 사람들을 비집고 들어갔다. 그때 안에서 빗자루를 든 카츄사가 나왔다.

"청소를 하던 중이었어요?"

네플류도프가 묻자 카츄사는 밝게 웃었다.

"네, 먼지가 엄청 많아요."

카츄사는 네플류도프가 아닌 시몬손을 바라보며 말했다.

그런 카츄사를 바라보면서 네플류도프의 마음 한 구석이 왠지 불편했다.

"시몬손, 담요는 다 말랐나요?"

카츄사가 시몬손을 향해 물었다.

그러자 난로에 장작을 넣고 있던 시몬손은 카츄사에게 다정스

린 눈길을 보냈다.

"거의 말랐을 겁니다."

네플류도프는 두 사람이 주고받는 눈길이 예사롭지 않다고 느끼며 방 안으로 들어갔다. 그곳에는 베라를 비롯하여 네플류도프가 전부터 아는 정치범들이 있었다. 에밀리아, 크르일리초프의 얼굴도 보였다.

잠시 후, 어린 여자애를 안은 마리아가 나타났다.

"어머, 아직 안 돌아가셨군요."

"네. 면회 허가가 나질 않아서 며칠 오지 못했어요."

네플류도프는 우선 크르일리초프에게 안부를 물었다.

"몸은 좀 어떻습니까?"

"괜찮습니다. 땀이 많이 나는 것 빼곤······."

크르일리초프의 얼굴은 창백하기 그지없었다.

"공작님, 저희들과 함께 식사를 하시겠습니까?"

음식을 들고 온 죄수들이 네플류도프를 불렀다.

"네, 그렇게 하지요."

네플류도프는 카츄사와 둘이서만 이야기할 수 있게 될 시간을 초조하게 기다리며 죄수들과 함께 식사를 하고 차를 마셨다.

식사가 끝나자, 하사관 한 명이 들어왔다. 인원수를 파악하고 난 하사관은 네플류도프에게 다가왔다.

"공작님, 점호 시간 뒤에는 여기 계실 수 없습니다. 이제 좀 나가 주시지요."

네플류도프는 그의 손에 3루블을 쥐여 주었다.

"하는 수 없군요. 조금만 더 있다가 나가십시오."

하사관이 나가자, 시몬손이 네플류도프에게 눈짓을 했다.

"저와 잠깐 이야기하실 수 있겠습니까?"

"그러시지요."

네플류도프는 시몬손을 따라 복도로 나왔다. 카츄사와 눈길이 잠깐 마주치자 그녀는 얼굴을 붉혔다.

"제가 말씀드리고 싶은 건 다름이 아니라, 저는 카츄사와 공작님의 관계를 잘 알고 있기 때문에 아무래도 한 번은……."

그때 마리아 파블로브나가 복도로 나왔다.

"여긴 이야기하기에 너무 시끄럽잖아요? 이리 오세요, 베라 혼자 있으니까."

그녀는 두 사람을 구석진 방으로 안내했다.

"제가 들으면 안 되겠지요? 저는 나갈게요."

마리아가 나가려 하자 시몬손이 만류했다.

"마리아도 여기 있어 주세요. 나는 누구에게도 비밀이 없습니다. 마리아 당신에게는 특히······."

시몬손은 다시 정색을 하고 말했다.

"저는 카츄사와 결혼을 하고 싶습니다. 그래서 그녀에게 청혼할 생각입니다."

시몬손의 말에 네플류도프와 마리아가 동시에 놀라는 얼굴이 되었다.

"어머나! 세상에, 어쩌면······."

네플류도프는 당황했지만 얼른 침착을 되찾았다.

"그건 저에게 말할 것이 아니라, 카츄사에게 해야 할 말이 아닌가요?"

"물론 그렇습니다. 그렇지만 카츄사는 당신 없이는 이 일을 결정할 수 없습니다."

"그건 왜죠?"

"아직 공작님과 카츄사의 관계가 완전히 해결되지 않았기 때문입니다."

네플류도프는 잠시 생각에 잠겼다가 입을 열었다.

"저는 우리 관계가 완전히 해결되었다고 생각하는데요. 왜냐하면 저는 그녀에게 진 빚을 갚기 위한 의무를 실행하고 있을 뿐, 구속하려는 뜻이 없기 때문이지요."

"그렇지만 공작님, 카츄사는 당신의 희생을 바라고 있지 않습니다."

"이건 희생이 아닙니다."

"그러나 공작님, 그녀의 결심은 매우 확고합니다."

"그렇다면 저에게 하고 싶은 말은……?"

네플류도프가 시몬손의 눈을 바라보며 물었다.

"그녀는 자신의 생각을 당신에게 승낙 받고 싶어 합니다."

"제 의무라고 생각하는 일을 하는데 안 된다고요? 그리고 그것을 인정하라고요? 분명히 말하겠습니다. 저는 자유롭지 않아도 카츄사는 자유롭습니다."

시몬손은 잠시 생각에 잠기더니 말했다.

"알겠습니다. 그녀에게 그렇게 말하겠습니다. 그러나 공작님, 제가 그녀에게 그냥 단순히 반했다고 생각하지는 마십시오. 저는 갖은 고초를 다 겪은 한 인간으로서의 그녀를 사랑하고 있습니다. 저는 그녀에게 아무것도 바라지 않습니다. 다만 그녀를 편안하게 해 주고 싶을 뿐입니다. 그녀가 당신의 도움을 바라지 않기 때문에, 대신 제가 도와주겠습니다. 그녀가 제 청혼을 받아 준다면, 당국에 청원하여 제가 유형지로 함께 가도록 하겠습니다. 4년쯤은 잠깐입니다. 제가 곁에 있다면 그녀의 운명도 조금은 가벼워질 것입니다."

시몬손의 목소리가 떨리는 것을 듣고, 네플류도프는 놀라움과 함께 큰 감동을 받았다.

"그렇다면 더 이상 할 말이 없습니다. 저는 카츄사가 당신 같은 보호자를 만나게 된 것이 기쁠 따름입니다."

시몬손은 자리에서 일어나 네플류도프의 손을 잡았다.

"감사합니다. 카츄사에게 그렇게 전하겠습니다."

시몬손은 이렇게 말하고 나서 총총히 밖으로 나갔다.

"아아, 이 일을 어쩌지요?"

시몬손이 나가자 마리아가 말했다.

"시몬손이 사랑에 빠진 거예요. 세상에! 시몬손에게 그런 면이 있을 줄이야!"

"카츄사는 이 문제를 어떻게 생각할까요?"

네플류도프의 물음에 마리아는 진지한 눈빛으로 대답했다.

"카츄사는 불행한 과거를 갖고 있으면서도 착하고 감정이 섬세한 여자예요. 그리고 당신을 진정으로 사랑하고 있어요. 자기로 인해 당신 인생이 불행해질까 봐 당신과의 결혼을 피하고 있는 거예요."

마리아는 카츄사의 진심을 꿰뚫어 보고 있었던 것이다.

"내가 어떻게 하면 좋을지 모르겠어요."

네플류도프는 마리아에게 도움을 요청하는 눈빛을 보냈다.

"카츄사와 직접 이야기를 하는 것이 옳겠지요. 어떤 경우든 모든 것을 분명히 해 두는 게 좋아요. 제가 카츄사를 불러 올게요."

"그렇게 해 주십시오."

마리아가 카츄사를 부르러 나갔다.

'만약에 카츄사가 시몬손을 선택한다면 이제 내 일은 끝나는 것인가?'

네플류도프는 늘 무겁게 지고 있던 의무감의 짐에서 해방된 느낌과 함께 무엇인가를 빼앗긴 듯한 허탈감을 동시에 느꼈다.

그때 카츄사가 들어왔다.

"시몬손이 당신과 결혼하고 싶다고 말했소."

카츄사는 매우 당황한 얼굴이 되었다.

"그런 얘길 왜 당신에게 하지요?"

카츄사가 이해할 수 없다는 듯 물었다.

"내가 찬성해 주길 바랐겠지요. 난 당신이 결정할 일이라고 말했소."

"난 이미 결정을 했어요. 죄수인 내가 어떻게 남의 아내가 될 수 있겠어요? 시몬손까지 불행하게 할 순 없어요. 결혼이라니요,

당치도 않아요. 난 그럴 자격이 없는 여자예요."

카츄사가 슬픈 얼굴로 말했다.

"만약 황제가 청원을 받아들여 사면이 된다면?"

"모르겠어요. 더 이상 저는 아무런 할 말이 없어요."

카츄사는 서둘러 방을 나가 버렸다.

사면

　여관으로 돌아온 네플류도프는 숨 가쁘게 돌아간 지난 하루를 되돌아보았다. 가장 잊혀지지 않는 것은, 수많은 죄수들 틈에서 깊은 잠에 빠져 있던 어린 소년의 모습이었다.

　이상한 일이었다. 가장 충격적인 사건은 시몬손과 카츄사의 일이었는데, 오히려 죄수들의 처참한 모습이 더 강하게 머릿속에 자리잡혀 있는 것이었다.

　'그들을 위해 내가 할 수 있는 일은 없을까?'

　다음 날 아침, 그는 호송병 중 한 사람으로부터 편지를 받았다. 마리아 파블로브나에게서 온 편지였다.

크르일리초프의 병세가 매우 악화되었습니다. 그를 여기 남겨 놓고 우리 중 누군가가 남아 간호를 해 주려 했습니다. 그런데 허가가 나지 않아 데리고 갑니다.

다음 도시에서라도 그가 병원에 갈 수 있다면, 우리 가운데 누군가가 남아 병간호를 할 수 있도록 힘써 주세요.

네플류도프는 즉시 삼두마차를 불러 타고 빠른 속도로 죄수대의 뒤를 쫓아갔다. 얼마 안 돼 네플류도프는 환자들을 실은 마차를 따라잡을 수 있었다. 그는 짐마차 위 건초 더미에 실려 있는 크르일리초프를 발견했다.

"좀 어때요? 견딜 수 있겠어요?"

크르일리초프는 보기 안타까울 만큼 비쩍 마르고 창백했다. 마차의 흔들림에 견디기 어려운 듯 그가 고개만 까닥거렸다. 옆에 함께 있던 마리아가 네플류도프를 보고 반가워하며 크르일리초프 대신 대답했다.

"많이 좋아졌어요. 그렇지만 감기에 걸려선 안 되는데……."

이어서 그녀가 물었다.

"제 편지는 받으셨어요? 힘써 주실 건가요?"

"물론이죠."

네플류도프는 다시 마차를 타고 죄수들의 대열을 앞서 나가기 시작했다. 시몬손이 여자 죄수들과 걸어가면서 무엇인가 열심히 이야기하고 있는 모습이 보였다. 그의 양옆에 있는 여자는 카츄사와 베라였다.

네플류도프는 그들에게 목례만 하고 앞으로 계속 나아갔다. 먼저 다음 숙영지로 가서 지방 장관을 만나 마리아에게 부탁받은 일을 해결할 생각이었다.

네플류도프가 탄 삼두마차는 활짝 갠 하늘의 태양빛 속을 달려 강가에 이르렀다. 나루터에는 러시아인들과 많은 이민족들이 모여 있었다. 나룻배를 기다리는 것이었다.

나룻배가 닿자, 네플류도프가 탄 삼두마차도 탔다. 네플류도프는 뱃머리에 서서 넓은 강을 바라보았다. 강 위에 두 사람의 얼굴이 아른거렸다. 하나는 한을 품은 채 죽어 가고 있는 크르일리초프였고, 또 하나는 시몬손과 얘기를 나누며 걸어가고 있던 카츄사의 모습이었다.

배가 선창에 닿았다. 마부는 그곳에서 가장 번화한 거리의 호텔 앞으로 마차를 몰았다. 네플류도프는 두 달 만에 호화롭고 깨끗한 호텔에서 묵게 되었다.

그는 목욕을 하고, 귀족 티가 나는 옷으로 갈아입었다. 지방 장관을 찾아가기 위해서였다.

장관은 몸이 불편하다는 이유로 네플류도프를 만나 주지 않으려 했다. 그러나 명함을 보고는 그를 맞아들였다.

"공작님, 이런 시골엔 웬일이십니까?"

"몸도 불편하신데 죄송합니다. 긴히 부탁드릴 일이 있어서 찾아왔습니다."

"말씀하시지요."

네플류도프는 크르일리초프와 카츄사의 딱한 처지에 대해 자세히 이야기를 하고 도움을 청했다.

장관은 난색을 표했다.

"그것은 제 능력 밖의 일인데요."

"장관님, 카츄사는 억울한 누명을 쓰고 있습니다. 그래서 황제 폐하께 탄원서를 올렸는데, 그 회신이 페테르부르크에서 이곳으로 오게 되어 있다고 합니다. 부탁드리오니 그동안 만이라도 여기 머물게 해 주십시오."

"……."

"중태에 빠진 정치범도 상태가 심각합니다. 아무래도 여기 병원에 남겨질 것 같은데, 간병인이 꼭 필요합니다. 여죄수 한 명과 함께 남을 수 있도록 도와주십시오. 부탁입니다."

"허, 그건 너무 힘든 일인데······."

장관은 계속 고개를 갸웃거리며 난처한 표정을 짓고 있다가 느닷없는 질문을 했다.

"공작님은 영어를 할 줄 아십니까?"

"네."

"그럼, 통역도 가능하겠군요?"

"그렇습니다."

"그렇다면 오늘 저녁 저희 집으로 다시 오시지요. 영국 여행가 한 분이 이곳에 와 있는데, 시베리아의 유형과 감옥에 대해 연구를 한다는군요. 저녁에 오시면 부탁하신 일은 그때 회답해 드리겠습니다. 조금만 기다리세요."

장관 집을 나오면서 네플류도프는 왠지 몸에 힘이 도는 것을 느꼈다.

그는 우체국으로 갔다. 편지와 돈이 도착해 있었다. 편지는 그의 친구 셀레닌이 보낸 것으로, 카츄사의 운명이 결정되는 중요한 것이었다.

'어떤 결정일까? 사면, 아니면 기각?'

그는 급히 편지 봉투를 열었다.

사랑하는 친구여!

카츄사 마슬로바의 사건에 대해서는 자네의 판단이 옳았네. 나는
그 그릇된 판결을 바로잡을 수 있는 곳이 황제의 청원위원회밖에 없
다고 생각했네. 다행히 자네가 청원서를 미리 내놓았기 때문에 일을

쉽게 해결할 수가 있었네.

여기 사면에 대한 영장의 사본을 보내네. 정식 서류는 관계 기관을 통하여 곧 도착될 것이네.

이 편지가 자네에게 기쁜 소식이 되기를!

— 자네의 벗 셀레닌

편지와 함께 들어 있는 서류의 사본은 '카츄사에 대한 전 판결의 징역을 취소하고, 시베리아의 원격지가 아닌 지방으로의 이주형으로 변경한다.'는 내용이었다.

"됐다, 됐어!"

네플류도프는 뛸 듯이 기뻤다.

'이젠 아무것도 거리낄 것이 없다.'

네플류도프가 죄수 신분인 카츄사에게 청혼을 했던 것은 그녀를 절망에서 구하기 위한 목적이었다. 그런데 이제 사면이 되었으므로 순수한 사랑으로 결혼을 할 수가 있었다. 마음만 확실하다면 아무것도 두 사람의 결혼을 방해할 수 없었다.

그런데 문득 스쳐 가는 얼굴 하나가 있었다. 시몬손이었다.

'만약 카츄사가 시몬손을 선택한다면……'

마음이 복잡해졌다. 그래서 우선 카츄사에게 이 기쁜 소식부터 전하고 보자는 생각을 했다.

　네플류도프는 감옥으로 달려갔다. 하지만 그는 감옥 안으로 들어갈 수가 없었다. 감옥 안에 장티푸스가 돌아 하루에도 몇십 명씩 죄수들이 죽어 나가고 있기 때문이었다.

　어쩔 수 없는 일이었다. 네플류도프는 저녁 때까지 기다려 장관 집으로 향했다.

카츄사의 선택

그날 밤, 장관의 집 만찬회에서 만난 영국인은 식사 후에 장관에게 청했다.

"감옥을 구경하면서 죄수들의 생활을 직접 보고 싶습니다."

"글로 쓰려고요? 좋지요. 저도 몇 번 글로 썼지만 개선이 되질 않아요. 외국의 신문에 기사가 나면 더 효과적일 것입니다."

장관은 영국인과 네플류도프에게 허가증을 써 주었다. 네플류도프는 통역관의 역할이었다.

네플류도프는 영국인을 따라다니면서 통역을 하는 한편, 카츄사를 만날 수 있는 기회를 얻어 냈다.

"황제의 특사 영장이 나온 걸 알고 있었소?"

네플류도프는가 물었다.

"네, 간수에게 들어 알았어요."

기뻐할 줄 알았는데, 뜻밖에도 카츄사는 아주 담담했다.

"이제 서류가 도착하는 대로 당신은 이곳에서 나갈 수가 있소.

어디든 원하는 대로 갈 수가 있다는 말이오. 우리 함께 잘 생각해서……."

네플류도프의 말이 미처 끝나기도 전에 카츄사가 급히 가로채어 말했다.

"저는 이미 생각이 끝났어요. 저는 시몬손과 함께 그가 가는 곳으로 갈 거예요."

카츄사는 미리 준비하고 있었다는 듯이 단호하게 말했다.

네플류도프는 심한 충격에 사로잡혔다.

'카츄사가 시몬손을 사랑하기 때문에 내 희생을 필요로 하지 않는 걸까? 아니면 날 사랑하기 때문에 내 행복을 위해 나를 거절하는 것일까?'

문득 네플류도프는 부끄러움에 얼굴이 붉어졌다.

"만일 당신이 그를 사랑하고 있다면……."

그의 말을 카츄사가 또 가로챘다.

"사랑 같은 건 잊은 지 오래예요. 다만, 당신이 바라는 대로 하지 못하는 것을 용서하세요. 저는 처음부터 이렇게 될 운명이었나 봐요."

카츄사의 눈에 눈물이 괴었다.

"당신은 다시 원래의 생활로 돌아가야 해요. 당신은 이미 저를 위해 너무나 많은 수고를 하셨어요. 이 빚은 하느님께서 갚아 주시겠지요."

네플류도프는 카츄사가 시몬손을 선택한 이유를 확실히 알 수 있었다. 그것은 그가 생각한 두 번째 이유, 즉 카츄사가 진정으로 사랑하는 사람은 네플류도프 자신이라는 사실이었다.

"카츄사! 당신은 참 좋은 여자요."

"제가, 좋은 여자라고요?"

카츄사가 미소를 지었다. 아주 쓸쓸해 보이는 미소였다.

"이만 돌아가겠어요. 용서하세요."

카츄사는 네플류도프의 손을 슬며시 잡았다가 곧 돌아서서 밖으로 나갔다.

'안녕'이라는 말 대신에 카츄사가 했던 '용서하세요.'라는 말, 네플류도프는 이 말을 들으면서 카츄사가 왜 자기를 떠나 시몬손을 선택했는지를 다시금 확실하게 확인할 수가 있었다.

거듭남의 삶

　어깨를 축 늘어뜨린 채 호텔로 돌아온 네플류도프는 도무지 잠을 이룰 수 없었다.

　'아아, 어떻게 이럴 수가 있단 말인가? 카츄사와의 관계는 이제 완전히 끝나 버렸다. 그녀에게 난 아무런 쓸모도 없는 인간이 되고 말았다.'

　이러한 사실은 그를 슬프게 했고, 또 한편으로는 부끄럽게 했다. 그러나 네플류도프를 더욱 괴롭게 하는 것이 또 하나 있었다. 그것은 몇 달 동안 직접 보아 왔던 수백수천에 달하는 죄수들의 모습이었다.

　'그들은 냉혹한 집권자나 군대를 지휘하는 장군, 그리고 검사

나 형무소 소장 등에 의해 학대받고 희생되고 있다. 이 잘못은 누구의 책임인가.'

낮에 보았던 크르일리초프의 주검이 떠올랐다.

'누구보다도 순수하게 살고자 노력했던 이 아름다운 젊은이를 죽인 것은 누구인가?'

네플류도프는 생각에 잠겼다.

'도대체 이런 일들을 잘못된 것으로 생각하는 내가 문제인가, 아니면 이 부당한 일을 옳다고 여겨 행하고 있는 사람들이 문제인가?'

여러모로 다양한 각도에서 생각을 해 보아도 해답이 나오지 않았다. 답답했다. 아무리 노력을 해도 마음이 진정되지 않았다.

네플류도프는 영국인이 준 성경책을 펼쳤다.

'이 성서 안에 모든 해답이 들어 있다지?'

네플류도프는 성서를 소리 내어 읽기 시작했다. 마태복음 18장이었다.

그때, 제자들이 예수께 나가 가로되 천국에서는 누가 큰 이입니까? 예수께서 한 어린아이를 불러 저희 가운데 세우시고 가라사대 진실로 너희에게 이르노니 너희가 돌이켜 어린아이들과 같이 되지

아니하면 결단코 천국에 들어가지 못하리라. 그러므로 누구든지 이 어린아이와 같이 자기를 낮추는 이가 천국에서 큰 자이니라.

네플류도프는 고개를 끄덕였다. 그 역시 자신의 오만함을 버렸을 때 거기서 마음의 평화와 기쁨을 얻은 경험이 있었던 것이다.

네플류도프는 성서를 계속 읽어 가면서 많은 생각을 했다.

'사람이 멸망하는 것은 신의 뜻이 아니라 우리 스스로의 문제다. 그런데 지금 이 순간에도 감옥에서는 수많은 사람들이 멸망하고 있다. 하지만 그들을 구원할 방법이 없다. 그들을 구할 방법은 무엇인가?'

생각이 끊이지 않고 이어졌다.

'형제를 서로 용서하라? 그러면 하늘나라의 아버지도 그렇게 할 것이다? 겨우 이것뿐이란 말인가?'

네플류도프는 실망에 빠졌다. 그러나 잠시 후, 마음 안에서 울려 퍼지는 어떤 소리를 들었다.

"그렇다, 그것뿐이다!"

확신에 찬 소리였다.

네플류도프는 마음을 정했다.

'많은 사람들이 악으로부터 구원받을 수 있는 유일한 길은 신께 자신이 죄지은 인간이라는 것을 솔직하게 인정하고, 자신에게는 타인을 벌할 권리가 없다는 것을 확실하게 깨닫는 것이다.'

네플류도프는 다시 생각에 잠겼다.

'감옥에 가두어 사람을 벌하는 것은 엄청난 모순이며, 또 하나의 죄악이다. 지금까지 죄수라고 인정하는 수많은 사람들을 처벌해 왔지만, 그래도 죄인의 숫자는 날로 늘어 가지 않은가.'

네플류도프는 그래도 사회가 지금까지 유지되어 온 것은 죄지은 자를 심판하거나 벌하는 자들 때문이 아니라, 사람들이 서로 동정하고 사랑해 왔기 때문이라고 생각했다.

네플류도프는 자신의 생각을 정리하기 위해 마태복음을 처음부터 다시 읽어 보았다. 그는 거기서, 아주 단순하면서도 누구나 실천할 수 있는 계율을 발견해 냈다. 그것은 다섯 가지였다.

첫째, 화내지 마라.

둘째, 간음하지 말고, 이혼하지 마라.

셋째, 맹세하지 마라.

넷째, 보복하지 마라.

다섯째, 원수를 사랑하라.

네플류도프는 갑자기 눈앞이 환해지는 것을 느꼈다.

'모든 사람이 이 계율을 실천한다면 지상의 모든 폭력과 악은 저절로 사라질 것이며, 지상에 천국을 만드는 것도 가능하다.'

네플류도프는 마음속으로 외쳤다.

'이제 내가 할 일은 분명해졌다. 이것이야말로 내 생애 최대의 과업이다!'

이 깨달음으로 말미암아 네플류도프는 지금까지와 전혀 다른 새 사람으로 거듭나고 있었다. 🌸

세계명작 시리즈와 함께 논리·논술 Level Up!

● 이해 능력 Level Up!

1. 아래 글을 읽으면 카츄사의 신분을 알 수 있습니다. 그녀의 신분
   은 무엇이었을까요?

   > 어머니는 두 자매 여지주의 영지에서 하녀
   > 로 일하고 있었는데, 카츄사가 세 살 때 그
   > 녀마저 병으로 죽고 말았다.

   1) 하녀   2) 여지주   3) 귀족
   4) 공작 부인   5) 거지

2. 카츄사가 일하던 주인집을 나온 뒤 술을 마시고 담배를 피우며
   타락적인 생활을 한 까닭은 무엇인가요?

   1) 그런 생활이 즐거워서
   2) 네플류도프를 잊으려고
   3) 돈을 벌기 위하여
   4) 빚을 갚기 위하여
   5) 원래 성격이 그래서

3. 다음 대화를 나누고 있는 곳은 어디일까요?

> "술도 팔고, 웃음도 팔고……. 다 아시잖아요?"
> "기소장 사본은 받았는가?"
> "네, 받았습니다."
> "앉아도 좋아."
> 재판장이 말했다.

1) 식당 　　　　　　　　2) 극장 　　　　　　　　3) 재판장

4) 거리 　　　　　　　　5) 집

4. 네플류도프가 배심원이 된 것은 무엇 때문이었을까요?

1) 공작이란 사회적 지위 때문에

2) 학식이 뛰어나기 때문에

3) 재판소에 뇌물을 썼기 때문에

4) 다른 사람들에게 존경을 받기 때문에

5) 법을 많이 알기 때문에

5. 카츄사가 법정에 선 까닭은 무엇인가요?

1) 술 취한 상인의 돈을 훔쳤다.

2) 상인의 술에 독을 탔다.

3) 몰래 술장사를 했다.

4) 절도와 살인의 누명을 썼다.

5) 불법 정치 활동을 했다.

6. 네플류도프가 미시와 결혼을 한다 해도 결코 행복해질 수 없다고 생각한 까닭은 무엇인가요?

   1) 미시와의 성격 차이 때문에
   2) 코르차킨 공작이 마음에 들지 않아서
   3) 카츄사의 불행이 마음에 걸려서
   4) 서로 가정 환경이 다르기 때문에
   5) 카츄사의 보복이 두려워서

7. 카츄사에 대해 판결이 내려진 뒤 다음과 같은 일이 일어났습니다. 재판장이 밑줄 친 것처럼 말한 이유는 무엇일까요?

   > 배심원장이 배심원들의 답신서를 재판장에게 넘겨주었다. 재판장은 그것을 보고 매우 안타까워했다.
   > "이런 어리석은 결론을 내리다니!"

   1) 카츄사의 죄를 일일이 나열하지 않아서
   2) 배심원들의 이름을 모두 적지 않아서
   3) 답신서를 제 시간에 내지 않아서
   5) 카츄사가 살인하지 않았다는 사실을 적지 않아서

8. 카츄사는 면회 온 네플류도프를 처음 만났을 때 매우 차갑게 대했습니다. 왜 그랬을까요?

   1) 그가 미시와 결혼을 한다는 소문을 듣고
   2) 그의 배신이 떠올라서

3) 그에게 돈을 받아 내려고

4) 그가 누구인지 기억이 나지 않아서

5) 그가 동료들을 도와주지 않으므로

9. 다음은 카츄사가 자살하려고 한 순간 일어난 일입니다. 카츄사가 느낀 감정을 나타내는 말은 무엇인가요?

> 뱃속의 아기가 힘차게 움직였다. 그것을 느낀 순간 자살을 함으로써 네플류도프에게 복수하고 싶다는 마음도, 증오심도 순식간에 사라져 버리고 말았다.

1) 집착   2) 두려움   3) 기쁨
4) 공포   5) 모성애

10. 네플류도프의 토지에 대한 생각으로 바르지 않은 것은?

1) 토지는 하느님의 선물이다.

2) 토지는 그곳에서 일하지 않는 사람의 소유물이 될 수 없다.

3) 토지는 누구든 이용할 권리가 있다.

4) 토지는 물, 공기, 햇빛처럼 사고팔 수가 없다.

5) 토지는 자식에게 상속되어야 마땅하다.

11. 카츄사가 병원의 간호사에서 다시 감방으로 쫓겨 간 까닭은 무엇인가요?

1) 술을 마시고 행패를 부려서

2) 네플류도프의 마음을 아프게 하려고 도둑질을 해서

3) 간호사 일을 잘하지 못해서

4) 병원 조수를 유혹해 바람을 피웠다는 누명을 써서

5) 감옥으로 돌려보내 달라고 떼를 써서

12. 카츄사는 면회 온 네플류도프에게 다음과 같이 부탁합니다. 이를 통해 알 수 있는 카츄사의 성격은 어떤가요?

> "당신이라면 가능한 일일 거예요. 우리 감방에 불쌍한 할머니 한 분이 있는데요, 아무 죄도 없이 들어와 있어요. 아들도 함께요. 방화범이라고 하는데, 우린 그들이 무죄라는 걸 알고 있지요. 그들을 위해 한번 애써 주시겠어요? 부탁이에요."

1) 남의 일에 간섭을 잘한다.

2) 호기심이 많다.

3) 남을 난처하게 만드는 짓궂은 성격이다.

4) 쌀쌀맞고 냉정하다.

5) 인정이 많고 다정다감하다.

13. 마리아 파블로브나에 대한 설명입니다. 바르지 않은 것은 무엇인가요?

1) 카츄사에게 큰 영향을 준다.

2) 부유한 장군의 딸이다.

3) 3개 국어를 할 줄 아는 실력파이다.

4) 정치범이다.

5) 시몬손을 사랑한다.

14. 다음은 네플류도프와 카츄사가 나눈 대화입니다. 밑줄 친 말을
   통해 알 수 있는 것은 무엇인가요?

> "일은 힘들지 않소?"
> "힘들지 않아요. 아직 익숙해지진 않았지만……."
> "다행이구려. 아무래도 저쪽보다는 나을
> 테니까……."
> 네플류도프의 말에 카츄사는 이마를 살짝
> 찌푸렸다.
> "아니에요. 형무소엔 사실 좋은 사람들이 더 많은걸요."

1) 죄 없이 옥살이를 하는 선량한 사람들이 많다.
2) 죄수들은 자신의 죄를 뉘우치고 있다.
3) 귀족들은 모두 나쁘다.
4) 죄수들은 서로 돕고 산다.
5) 죄수들을 모두 석방해야 한다.

15. 크르일리초프는 시베리아로 이송하는 도중 폐병을 이기지 못하
   고 불행한 최후를 맞이합니다. 크르일리초프를 진정한 혁명당원
   으로 만든 사건은 무엇인가요?

1) 애인의 변심
2) 대학교 수학과의 수석 졸업
3) 혁명 운동 자금 기부의 탄로
4) 로조프스키 소년의 사형 집행

5) 대학 교수 임용 실패

16. 다음은 카츄사와 마지막 인사를 한 네플류도프가 느낀 점입니다. 밑줄 친 말에서 알 수 있는 것은 무엇일까요?

> '안녕'이라는 말 대신에 카츄사가 했던 '용서하세요.'라는 말, 네플류도프는 이 말을 들으면서 카츄사가 왜 자기를 떠나 시몬손을 선택했는지를 다시금 확실하게 확인할 수가 있었다.

1) 네플류도프를 진심으로 사랑해 그의 희생을 원하지 않는다.
2) 네플류도프의 배신을 용서한다.
3) 시몬손을 이해해 주길 원한다.
4) 시몬손과의 결혼을 축하해 달라.
5) 앞으로는 더 이상 만나지 않겠다.

17. 소설의 제목 '부활'은 어떤 의미를 담고 있을까요?

1) 사회의 발전
2) 경제적 성장
3) 육신이 다시 살아남
4) 정신적 거듭남
5) 재판 제도의 개선

● **논리 능력 Level Up!**

1. 네플류도프는 법정에서 카츄사를 처음 본 순간 매우 불안해하며 재판이 빨리 끝나기를 바랍니다. 그 까닭은 무엇일까요?

2. 감옥 사람(죄수)들은 카츄사가 무죄인데도 유죄 판결을 받게 된 것을 무엇 때문이라고 생각했나요?

3. 네플류도프는 카츄사를 면회하기 위해 감옥엘 갔다가 심한 모욕감을 느낍니다. 그 까닭은 무엇일까요?

4. 네플류도프는 자신의 생각을 일기에 적습니다. ( ) 안에 공통으로 들어갈 말은 무엇인가요?

> 카츄사는 나의 (   )을 받아들이려 하질 않고, 그녀 자신이 (   )되려 한다. 그녀도 이겼고 나도 이겼다.

5. 다음은 네플류도프의 일기입니다. 네플류도프의 깨달음을 두 글
   자로 된 낱말 하나로 요약해 보세요.

> 오늘은 심한 괴로움과 커다란 기쁨을 동시
> 에 경험했다. 오늘 그녀가 병원에서 난잡한
> 짓을 했다는 말을 들었다.
> 그 말을 듣는 순간 무어라 말할 수 없는 고
> 뇌를 느꼈다. 그래서 그녀와 이야기하는 동
>
> 안 환멸과 증오를 느꼈다. 그러나 문득 내가 그녀에게 지은 죄를 생각하
> 자 나 자신이 비열하다는 깨우침과 함께 그녀가 가엾어져 마음이 누그
> 러졌다. 우리 모두 자기 자신이 보잘것없는 존재라는 사실을 깨달으면
> 인간은 모두가 선량하게 살아갈 수 있을 것이다.

6. 많은 죄수들이 이송 도중 쓰러져 죽게 되는데, 네플류도프는 누
   구 탓이라고 생각하나요?

7. 네플류도프가 정신적으로 거듭나게 되는 데 결정적인 역할을 한
   것은 신약 성서의 어느 부분인가요?

● 논술 능력 Level Up!

1. 네플류도프와 시몬손은 카츄사에게 청혼을 합니다. 만약 내가 카츄사라면 어떤 사람을 선택할까요? 또 왜 그렇게 결정했는지 이유도 생각해 보세요.

2. 알고 저지르는 죄와 모르고 저지르는 죄 중 어느 것이 더 무서울지 써 보세요. 또 왜 그렇게 생각하는지도 생각해 보세요.

3. 다음 글을 읽고 네플류도프의 생각에 찬성하는지 혹은 반대하는지, 그 이유는 무엇인지 써 보세요.

> 네플류도프는 다시 생각에 잠겼다.
> '감옥에 가두어 사람을 벌하는 것은 엄청난 모순이며, 또 하나의 죄악이다. 지금까지 죄수라고 인정하는 수많은 사람들을 처벌해 왔지만, 그래도 죄인의 숫자는 날로 늘어가고 있지 않은가.'

풀이

이해 능력 Level Up!

1. 1)	2. 2)	3. 3)	4. 1)	5. 4)
6. 3)	7. 5)	8. 2)	9. 5)	10. 5)
11. 4)	12. 5)	13. 5)	14. 1)	15. 4)
16. 1)	17. 4)			

논리 능력 Level Up!

1. 자신의 잘못이 드러났을 때 다른 사람들에게 당할 수치심 때문에
2. 돈이 없어서 유능한 변호사를 구하지 못했기 때문에
3. 사람들을 인간 이하로 대접했기 때문에
4. 희생
5. 용서
6. 관리들과 형무소 관계자들
7. 마태복음

논술 능력 Level Up!

1. 예시 : 네플류도프는 자신의 죄를 씻기 위해 스스로를 희생하여 결혼을 결심한다. 그리고 시몬손은 있는 그대로의 모습을 거짓 없이

사랑한다. 만약 내가 카츄사라면 시몬손을 선택하겠다. 사랑이란 것은 어떤 목적 때문에 생기는 감정이 아니다. 또한 그 사람 그대로를 받아들여야 진정한 사랑이라고 할 수 있다. 물론 처음 만났을 때부터 네플류도프를 사랑했지만, 그의 마음에 부담을 주면서까지 결혼한다면 서로 진정으로 행복해지기 어렵다.

2. 예시 : 모르고 저지르는 죄가 더 무섭다. 알고 짓는 죄는 양심의 가책에 의해 스스로 벌을 받지만, 모르고 짓는 죄는 아무런 가책도 없이 또 저지르게 된다.

3. 예시 : 네플류도프의 생각에 찬성한다. 잘못을 저지른 사람을 벌주는 것도 중요하지만, 그것보다는 잘못을 저지르지 않도록 잘 이끌어 주는 것이 더 중요하다고 생각한다. 애정을 가지고 사람들을 대하다 보면 이 사회는 따뜻하고 바람직하게 바뀔 것이라고 믿는다.

초등학생이 꼭 읽어야 할 세계 명작 시리즈